读客三个圈经典文库

经典就读三个圈　导读解读样样全

骆玉明 著

诗里特别有禅

读客三个圈经典文库
经典就读三个圈　导读解读样样全

河南文艺出版社
·郑州·

图书在版编目（CIP）数据

诗里特别有禅 / 骆玉明著. -- 郑州：河南文艺出版社, 2024.2

ISBN 978-7-5559-1632-1

Ⅰ.①诗… Ⅱ.①骆… Ⅲ.①诗歌欣赏–中国 Ⅳ.①I207.2

中国国家版本馆 CIP 数据核字 (2024) 第 000372 号

诗里特别有禅

著　　者	骆玉明
责任编辑	丁晓花
责任校对	梁　晓
特约编辑	李颖荷　洪子茹
策　　划	读客文化
版　　权	读客文化
封面设计	汪　芳
出版发行	河南文艺出版社
印　　刷	天津联城印刷有限公司
开　　本	889mm × 1270mm 1/32
印　　张	6.25
字　　数	148 千
版　　次	2024 年 2 月第 1 版　2024 年 2 月第 1 次印刷
定　　价	55.00 元

如有印刷、装订质量问题，请致电 010-87681002（免费更换，邮寄到付）

版权所有，侵权必究

目 录

代序　从诗走进禅，一路好风光　　　001

一　鸟鸣山更幽　　　005
　　一切都会过去，变化的背后仍然是一片深邃的幽静。

二　拈花微笑　　　015
　　花虽微渺，却显示着人世的美好。

三　何处惹尘埃　　　023
　　烦恼不起，清静自如，便能达到真正的觉悟。

四　满船空载月明归　　　037
　　你什么也没有得到，空船而去，空船而归，但心是欢喜的。

五　坐看云起时　　　047
　　落花随流水而去的所在，有另一片美好的天地向你展开。

六　春在枝头已十分　　　061
　　那个遍寻不得的意中人，原来就在身边不曾注意到的地方。

I

| 七 | 只许佳人独自知 | 069 |

生死流转,不知是谁在何处埋下了最初的种子。

| 八 | 我今不是渠 | 079 |

影子是我,但我并不是这个影子。

| 九 | 夜半钟声到客船 | 085 |

人生总是有很多艰辛,除了对自己,没有人可以说。

| 十 | 禅意的月亮 | 099 |

月亮只有一轮,却普遍地在一切水中显现出来,一切水中的月亮乃是一月的显现。

| 十一 | 平常心是道 | 109 |

世俗的知识和欲念就像一件湿衣服一样,紧紧裹在我们身上,脱不下来。

| 十二 | 吃茶去 | 117 |

世事无常,都在变化之中,该来的总要来,该走的总要走。

| 十三 | 见山是山,见水是水 | 125 |

我们看到的"清清楚楚"的东西,其实并不是事物的真相。

十四　雁过长空，影沉寒水　　　　　　　135
　　　　生命只是一种偶然，万千景象不过都是瞬间的变化。

十五　长啸一声天地秋　　　　　　　　　145
　　　　一轮孤月，无限江山，禅者惊破夜空的长啸，令天地为之动容，于是萧瑟之气，弥散四野。

十六　春来草自青　　　　　　　　　　　157
　　　　禅在自然中，也在朴素的生活中。

十七　禅者，活泼泼也　　　　　　　　　169
　　　　把无限放在你的手掌上，永恒在一刹那里收藏。

十八　四厢花影怒于潮　　　　　　　　　181
　　　　失却童心，便失却真心；失却真心，便失却真人。

跋　　如何说禅　　　　　　　　　　　　191
　　　　修订版小记　　　　　　　　　　　193

代序

从诗走进禅，一路好风光

平日教书或者和朋友聊天，谈到中国的文学与历史，经常说到禅，也经常被问起：到底什么是禅？

这个问题不容易回答。古代禅师对此会给出很奇怪的答案，譬如"一寸龟毛重七斤"，或者索性给你当头一棒。他们认为禅不可说，不能用文字来定义。他们所说的种种奇怪的话，都不过是个由头，是一种引导的方式。

现在谈禅的书也很多，但要么只是把它当作思想史的材料，要么说得很玄奥，让人觉得云里雾里，摸不着头脑。

禅是那么深奥玄虚而难以把握的东西吗？其实不然。

禅是一种哲学、一种宗教，但禅更是一种体验、一种生命形态。

禅远看似乎虚无缥缈，不可捉摸，但真的走进去，它却平平实实、真真切切。

中国古代诗歌中有许多从具体的人生体验来感悟禅的佳作。诗和禅一样，不依赖逻辑分析，不提供定义，只是显示鲜活流动的情感状态。这里面每有象征或启示，你细心地体会它，就能感受到禅的趣味，看到禅悟的境界。

苍山空寂，明月清朗，幽潭澄澈，野花自开自落，浮云时聚时散，这里面都有禅意。诗人流连于自然的美景，写出自由的心与天地造化相融的平静和快乐。

当然并不是好诗就有禅，禅有它的特别之处。

我们先来看一个简单的例子，了解下什么样的诗里有禅。

魏晋诗人阮籍常常驾车外出，走到无路可走，便恸哭而返。这一行为留下的词语，叫作"穷途恸哭"。他的诗常常表现这种人生困顿的焦虑，比如"徘徊将何见，忧思独伤心"。

"穷途恸哭"不是禅，它是用一种固执的态度看待人和世界的对立，在这种对立中感受到生命遭受外力压迫的紧张。阮籍改变了中国的诗歌传统，使它的内涵变得沉重，但这样的诗不合于禅意。

同样以行路象征人生，陆游的名句"山重水复疑无路，柳暗花明又一村"给人以更多的愉悦，让人对生活抱有信心：在看似无路的地方，可能有一片新的天地出现，只要能够坚持，希望总是有的。

但这也不是禅。这两句诗描写的是单线的变化，是对预期目标的等待。人生的道路受各种不可知因素的影响，预期的目标往往很难实现。如果"山重水复"之后并非"柳暗花明"，又会怎样呢？是不是仍旧回到"穷途恸哭"？

王维的诗"行到水穷处，坐看云起时"是禅。

沿着山溪走到了水的尽头，但这仅仅是水的尽头。你倘若并不曾预设一个固定的目标，就会看到世界充满着奇妙的变化。在远处的山谷，在跟你走过的路毫不相干的地方，云渐渐涌起，升向高敞的天空，景象如此动人，视野无比广阔。

如果你在"水穷处"沮丧不已，心境闭塞，就看不到"云起时"。

这是一个很小的例子，却牵涉禅学中重要的道理：倘能消弭固执和对立，消弭贪欲和妄念，消弭紧张和焦虑，便能以空灵玄妙的智慧、朴素自然的心情、随缘自适的态度，求得本应属于你的完美的生命。

在本书中，我们将解读和欣赏一系列体现禅理和禅趣的诗篇；同时我们也以此为中心线索，谈说禅的人物、禅的知识和禅的历史。

禅不可说，但可以借诗来谈。

一　鸟鸣山更幽

一切都会过去，
变化的背后仍然是一片深邃的幽静。

也许，每个人都曾在生活的某个时刻体会到幽静又深长的意味。

各种各样的声音在这个世界中响起，喧嚣嘈杂的、清朗悠扬的、气势宏大的、悲切低回的，然后逐一消退下去。在此起彼落之间，你听到深邃的幽静，莫可名状，却令人心动。

换一个角度来说，世界像一个热闹的舞台，各色人物你来我往，推推搡搡。有的自命不凡，踌躇满志；有的身败名裂，灰心丧气。然而一切都会过去，在一切变化的背后仍然是一片深邃的幽静。

我们常说的"安静"，有时指一种单纯的物理意义上的状态：声音愈是低微愈是安静。它也许会让人感到几分寂寞或枯燥，但终究跟人的心情没有多大关系。

而另一种安静，或者换一个词，幽静，却更富于精神性和情感意味。那是脱离了虚浮的嘈杂之后，面向生命本源和世界本源的一种感受。这种幽静得之于自然，同时也得之于内心，物我在这里并无区分。

在诗歌里如何能够把它表现出来？最早是南朝的王籍做了杰出的尝试。

王籍，字文海，在南朝齐、梁两代做过官，诗歌学习谢灵运。他的名气没有谢灵运那么大，留下的诗作也很少，但有一首《入若耶溪》非常有名。

> 艅艎何泛泛，空水共悠悠。
> 阴霞生远岫，阳景逐回流。
> 蝉噪林逾静，鸟鸣山更幽。
> 此地动归念，长年悲倦游。

若耶溪在今浙江绍兴市东南，发源于若耶山，沿途汇聚众多溪水后流入鉴湖。诗题"入若耶溪"，表明作者是从城内经过鉴湖来到溪流旁。在王籍那个年代，鉴湖和若耶溪相连的水域非常广阔，两岸树木丰茂，景色优美。

诗中"艅艎"是一种比较大的船，"泛泛"是任意漂荡的样子。王籍是在游览，不是要赶路。他的心情很放松，天气也好，眼前的景色显得格外清朗、开阔。所谓"空水共悠悠"，写出天水一色、相互映照，一片辽远恬静的样子，而"悠悠"二字，也体现了心境的清朗和从容。遥望远处的山峰萦绕着淡淡的云霞，近处阳光伴随着水波的流动而闪耀。这是一个生动的自然，它有美妙的韵律。

偶然间注意到有些声音响起来，是蝉鸣，是鸟啼，但蝉鸣和鸟啼却更令人感到山林的幽静。说得更确切一些，是把人的灵魂引入幽静的山林，融入自然的美妙韵律中。这时忽然想到在官场、在尘俗的人世奔波太久了，如此疲倦，令人忧伤。

"蝉噪林逾静，鸟鸣山更幽"是中国诗史上不断被人提起的名句。《梁书·王籍传》中特别提到这两句诗，说"当时以为文外独

近现代·黄宾虹 《溪山深处图》

绝"。什么叫"文外独绝"呢？就是在文字之外，别有意蕴，奇妙之处，世人不能及。当然，后代类似的写法有很多，但在王籍的时代，这样的写景笔法却是首创，所以有这两句诗，王籍足以名垂千古了！

一般人分析这两句诗的妙处，总是归纳为"以动写静"，认为这样比单纯"写静"更为生动。钱锺书先生在《管锥编》中也说："寂静之幽深者，每以得声音衬托而愈觉其深。"这当然不错，但是还可以追究得更深一些。在这首诗里所写的"静"，不是物理意义上的静，而是体现着自然所内蕴的生命力的静，是人心中摒除了虚浮的嘈杂之后才能体悟到的充实莹洁的恬静。这种静自身没有表达的方式，而蝉噪、鸟鸣正是唤起它的媒介——你听到了声音，然后你感受到了幽静。

没有资料证明王籍在佛学方面的修养情况，但从时代大背景来说，南朝正是佛教在上层文士中开始盛行的时代。王籍这首诗使人感觉到一种禅的趣味，不管怎么说，总是和时代背景有关联。

到了唐代，佛教在中国进入全盛阶段，禅宗也走向成熟和兴旺，于是出现了透彻参悟禅门妙法而又具有卓越诗歌才华的王维。他被称为"诗佛"，享有极高的声誉。

王维与佛教、禅学的关系非同一般。他名"维"，字"摩诘"，两者合起来就是"维摩诘"，这是借用了佛教创建阶段一位伟大的居士的名字。

王维本人就是中国禅宗史上的核心人物之一，而说到诗和禅的关系，王维的重要性也是无可比拟的。他运用禅宗的哲理和观照方法，为中国的诗歌创造了新的境界。

如果说，王籍的《入若耶溪》最早尝试通过描写自然的幽静来表现禅趣，那么在王维的笔下，这种表现方法达到了堪称精微美妙的程度。这种类型的诗王维写了很多，我们单以一首《鹿柴》为例：

> 空山不见人，但闻人语响。
> 返景入深林，复照青苔上。

王维在长安远郊置有一座庄园式的"辋川别业"，"鹿柴"是其中的一处小地名（"柴"通"寨"），顾名思义，这地方应该常有野鹿的踪迹，是相当僻静的地方。

整首诗没有完整的景物画面，没有游览者的行动过程，它只是撷取了两件事物——声音与光——的变化，便恰到好处地呈现出空山的静谧与幽深，以及含蕴于其中的深长意味。

如果说，世界根本是个"无常"，海也会枯，石也会烂，但那种过程不是某个人在某个当下可以体会到的，它有赖于知识和推理。而声音和光，则无时不在变化之中，无时不在演示无常，只是它太平凡，人们未必能注意到。

王维在这首诗中用了一个特殊的选择，将声音和光凸显出来了。这里写到的声音是不见其人，但闻其声，它是虚渺的、若有若无的，好像浮动在一个不能确切把握的地方；而光，是黄昏时透过树林投射在幽暗的青苔之上的阳光，它也是虚渺的、若有若无的。你凝听着那个从虚空里传来的声音，想要确认它、捕获它，可是它已经消失了；你凝视那个浮动的光影，想要感受它、体会它，可是它已经暗淡下去。声音和光处于"有"与"无"的边界，把人心从"有"引入"无"（关于这一点，陈允吉先生最早在一篇论文里做过分析）。在一瞬间，你也许能够对世界的真实与虚幻获得一种生动的体验和深刻的理解。你如果知道佛家所说"五蕴本空，六尘非

清·王翚《秋林图》

有"的理念，这一刻难免会想起它。

不过王维写的是诗，不是佛学讲义。诗止于感性，它给出了提示，让人受到感染，然后停留在意味深长的瞬间。终究，禅的本质是悟，不是一个依赖言说的道理。

如果还要再选一个相似的例子，我们不妨到日本去找。禅宗思想在南宋就流传到日本，广泛影响了日本的思想文化，用铃木大拙的话来说，"禅深入了国民文化生活的所有层面中"（铃木大拙《禅与日本文化》），这当然也包括诗歌。

日本有一种形式特别短小、极富特色的诗体，称为"俳句"。它包含十七个音节，分为五、七、五三句。由于日语的单词大多是多音节的，一首俳句实际使用的词汇量可以说精简到了极点。

在日本俳句诗人中，最有名的要数江户时代的松尾芭蕉（1644—1694），他被尊为"俳圣"，就像杜甫在中国被尊为"诗圣"。而芭蕉传诵最广的一首俳句，题为《古池》：

古池や蛙飛びこむ水の音

这种短诗其实是不能翻译的。如果仅仅把意思说出来，可以译为"蛙跃古池传水音"。

世界是永恒，也是当下；世界是深邃的空寂，也是无限的生机。偏执地看，无论站在哪一边都不对，都不能真正把握这个世界，只有泯灭了对立的整体，才能达成对世界的彻悟。芭蕉用这首仅有十七个音节的小诗，把握了禅宗的神髓。它在日本，可说是家喻户晓。

具体一点来说，"蛙"在俳句的传统里，是点明季候的事物，它提示诗中所写的是春天的景象。春天到了，经过冬眠的蛙醒来了，在自然中跳跃着，是一个活泼的"当下"，而古老的池塘，凝结着幽远的"过去"。当蛙跃入池塘的一刻，"过去"被"当下"激活，瞬间与永恒同时呈现。从另一个角度说，古池原本是寂静的，蛙跃池中，传出水声，空寂被打破了，同时空寂也借着水声以一个生动的方式被表达出来，在这里，"有"和"无"是一体的存在。

据说，在芭蕉写这首俳句之前，佛顶和尚曾访问过他。

佛顶问他："近来如何度日？"芭蕉答道："雨过青苔湿。"

佛顶又问："青苔未生之时佛法如何？"芭蕉答道："青蛙跳水之声。"

可见，芭蕉的这首俳句，正是试图用一个微渺而平凡的意象，传达绝对和永恒的"佛法"。

世界到处浮动着声响的起落，也许有一刻，你会从中听到那意味深长的幽静。

读完本章，你对诗里的禅也许有了一个初步的印象，但是要知晓更多的禅理和禅趣，我们还是要对产生禅的历史背景有一个大概的了解。

"曲径通幽处，禅房花木深"，走进禅，你会发现走进了一个新的世界。

二　拈花微笑

花虽微渺，
却显示着人世的美好。

两千五百多年前，当孔子（前551—前479）带着一群弟子奔波在中原大地上，四处推行他们所崇仰的人间理想时，在西边的印度，比孔子年长十多岁的释迦牟尼（前565—前486[1]）也正带着一群弟子漫游于原野，为创立佛教而忙碌。

　　孔子的目标在现世，他关心合理的政治秩序、高雅的道德修养，而释迦牟尼关心人如何从苦难的现世获得解脱。

　　在黄河岸边，在恒河之畔，两位互不相知的古贤各以自己的方式为人类寻求精神家园，将他们智慧的光芒投射到遥远的时空。

　　释迦牟尼的本名叫乔答摩·悉达多，是古印度释迦族的王子，出生在今尼泊尔的南部。二十九岁时，这位王子有一天外出巡游，路途中他遇到一位枯瘦的老人、一位在路旁哀吟的病人，又看见一支送葬的队伍、一位修行者。这一切构成了一幅生命的图像：人辗转于生、老、病、死，被无穷的欲望折磨，找不到归宿。生命是有

1　关于释迦牟尼的生卒年有多种说法。——作者注（如无特别说明，本书注释均为作者注）

意义的吗？如果有，终极的圆满又如何可能？他决意出家修道，为世人寻求一条离苦之路。

古印度有非常浓郁的宗教氛围，存在各种宗教流派，其中主要的两大系统是婆罗门和沙门。释迦牟尼出家后遍访名师，得到他们的指点。他曾加入苦行沙门，据说一天只食"一麻一麦"。当时这些不同的宗教流派都有静修的方法，通称为"瑜伽"（梵文Yoga），其含义为"一致"或"和谐"，是一种提升意识、发挥潜能的方法。其中的一个分支叫作"禅"（梵文Dhyāna），本义为"思维修"或"静虑"。释迦牟尼在修行的过程中，修习了很高的禅定功夫。

伟大的思想者都会在某个时刻意识到一个问题：已有的一切学说都无法使他感到满足，他找不到老师了。这使释迦牟尼感到一种近于绝望的痛苦。三十五岁那年，他来到如今叫作"菩提伽耶"的地方（在今印度比哈尔邦），坐在一棵无花果树下，发愿说："若不能获得无上正觉，永不起身！"他如何沉入冥想，思考了什么，后人无法知道。据记载，他在树下坐了整整七天七夜，到了第七个夜晚过去，天将拂晓时分，释迦牟尼遥望明星，瞬间彻悟宇宙、人生真相，证得无上正等正觉，由此成为佛陀。那种无花果树原名毕钵罗树，后来被称为菩提树——"菩提"（梵文Bodhi）是智慧、觉悟的境界。

佛教流传开以后，释迦牟尼不断被神化。今日我们走进佛教的寺庙，总是会在大雄宝殿正中看到一尊佛祖的塑像，它常常是贴金的，显得高贵而神圣。如果是在山崖上雕凿成像，有时会做得很大，来体现佛的崇高与伟大，令人生出敬畏之心。他有许多尊号，最常用的有："佛陀"——彻底觉悟者；"如来"[1]——显示无所不在的绝对真理；"释迦牟尼"——释迦族的圣人。人们习惯把最后一种当作他的名字来使用。

但回到历史本源上去看，释迦牟尼只是一个普通人，一个追求真理、创立宗教学说的思想者。他在菩提树下静坐的七天七夜，是佛教史上最伟大的一次禅定实践。在后世，瑜伽逐渐转化为一种以调息、静心为基础的健身方法，虽然还有一些神秘气息，但它的宗教意味已经淡化了。禅或者说"禅定"，则被佛教所继承，成为僧人修行的方法。这就是禅的第一层意义。而在广义上，"禅"也可以用来指称各种与佛教有关的事物，如寺庙又称"禅林"，僧服也称"禅衣"，等等。

"禅"还有一层相对狭义的用法，即指佛教的一个特殊分支——禅宗。在佛家的解说中，它也源于释迦牟尼。关于禅宗起源，有一个十分美妙的故事，叫作"拈花微笑"。

这个故事最早记载于《大梵天王问佛决疑经》。书中说："佛祖释迦牟尼入寂前，在灵山召集大众举行最后一次说法。有一位大梵天王（佛教中的护法神）向佛祖敬献一枝金婆罗花，请求佛祖：'如果还有未说的最上大法，希望能宣示给众人和将来的修行者。'佛祖拈起金婆罗花，面向众人，瞬目扬眉，一言不发。众人不知佛祖何意，也都默然无语。此时只有释迦牟尼的大弟子摩诃迦叶破颜而笑。佛祖便说道：'吾有正法眼藏，涅槃妙心，实相无相，微妙法门，不立文字，教外别传，付嘱摩诃迦叶。'"

"正法眼藏"是指朗照宇宙、包含万有的佛法全体，"涅槃妙

---

[1] 梵文为Tathāgata，字面意思就是"像来了一样"，但意味玄妙，一般指无所不在的真如法性。

心"是指摆脱一切虚妄的精妙思想。简单说，这两句就是指佛法的全部精华，所以它是"最上大法"。这个"最上大法"是真实的，却没有任何迹象，它极其微妙，无法用语言、文字来解说，只能在心心相印中传递。当时只有摩诃迦叶感知到释迦牟尼在无言中宣示的大法，所以佛祖说"我已经把它托付给迦叶了"。

所谓"教外别传"，意思是它在佛教各个宗派中自成一个特殊的体系。按照禅宗的解释，一般的宗派都是依赖经典来传授教义的，这称为"教"；禅宗是不依赖经典、"不立文字"的，所以称为"宗"。

常见的佛祖造像大多有一种祥和、宁静、安闲的神态，我们想象他手拈一枝金婆罗花面对众人时，更多了一层美妙，甚至略带女性化的柔和。而迦叶的微笑，应该是虔诚而自信的，它把一种清明纯净的心境回应给佛祖。佛祖拈花，迦叶微笑，两心相通，"最上大法"就这样完成了宣示和传承的过程。

根据这一记载，禅宗把迦叶尊为"初祖"，就是第一代祖师爷。

但这里有些问题。"拈花微笑"的故事并不见于早期的佛典，《大梵天王问佛决疑经》大概在唐代后期才出现于中国，所以许多人怀疑它是一部伪经。有很大的可能，"拈花微笑"其实是禅宗逐渐盛行以后虚构出来的故事，是禅宗面向佛祖的一种文学性溯源。那么，禅宗忽略语言而崇尚"妙悟"的精神，在佛教原来的思想传统里有没有依据呢？那还是有的。

早期佛教有一位著名的修行者，名为维摩诘，他是不曾出家的居士，但佛学修养却是"菩萨"这个层次中最高的。《维摩诘经》记载，一次众菩萨、罗汉去探望维摩诘，讨论"不二法门"——超越一切相对、差别的显示绝对真理的教法。文殊菩萨说："我于一切法，无言无说，无示无识，离诸问答，是为菩萨入不二法门。"然后文殊又请教维摩诘，希望他解说一下"菩萨入不二法门"的途径。维摩诘是如何回应的呢？他只是默然无语。那意思等于说：既然不二法门是无可言说、无从追问的，那还需要我说什么呢？这一过程虽然不如"拈花微笑"的故事那么富有诗意，精神却是一致的。

由《维摩诘经》的上述记载，可以认为在早期佛教中已经包含了禅宗的某些特质。但印度佛教从其主流来说，是强调经典的作用，依赖经典进行传播的。而禅宗则是一种中国化的佛教，并非完全起源于印度佛教，它在中国固有的思想传统，特别是老庄学说里，另有重要的根源。日本最著名的禅学学者铃木大拙说："像今天我们所谓的禅，在印度是没有的。""中国人的那种富有实践精神的想象力，创造了禅，使他们在宗教的情感上得到了最大的满足。"宗白华先生说："禅是中国人接触佛教大乘义后体认到自己心灵的深处而灿烂地发挥到哲学境界与艺术境界。"

在老庄思想里，有一个本体性质的概念，被称为"道"，它是先于一切、化生万物的宇宙本源，也是万物运化的内在法则。对于这个"道"，人们可以去说它，然而一旦说出来，那就不再是"道"本身了。因为道是永恒、无限的，而人类语言的功能却是有限的，你不能用低级的东西去定义高级的事物。《老子》开头第一句"道可道，非常道"，说的就是这个意思。《庄子》中更是多处描写了在苦思冥想中获取内心自证的境界，认为这才是到达最高真理的方式；并处处告诫人们对语言的不足保持警惕，强调就像使用"筌"的目的是捕鱼，使用语言是为了达意，要懂得"得鱼而忘筌，得意而忘言"，到了最高境界，便是会意的静穆。

有一首也可以用"拈花微笑"四字来形容的诗，那就是陶渊明的《饮酒》。陶渊明并不信佛，但他的这首诗却和禅理相通。

> 结庐在人境，而无车马喧。
> 问君何能尔？心远地自偏。
> 采菊东篱下，悠然见南山。
> 山气日夕佳，飞鸟相与还。
> 此中有真意，欲辨已忘言。

当人心与俗世相隔较远时，就会与自然亲近。这时遥望美妙的山岚、自由的飞鸟，体悟到人生的真谛，可是要把它说出来，却无法找到合适的语言。换句话说，这种对"真意"的体悟，只能在"忘言"的状态下保持。

"采菊东篱下"，陶渊明手中是拈着花的。在体悟人生真谛的时刻，我们认为他面带微笑，也不能算是过分的猜测。只不过，迦叶是从佛祖那里领悟了"最上大法"，陶渊明则是面对"南山"（一说指庐山）。山水中何以有"真意"？因为大道虚静，它的造化伟力就显示在自然之中，人和自然的融合，便意味着个体生命向永恒大道的回归。道也是"最上大法"。

这里还有一个小小的细节值得注意，就是花——佛祖手中的金婆罗花、陶渊明手中的菊花，它只是可有可无的道具吗？恐怕未必。花虽微渺，却显示着人世的美好。追求"最上大法"、皈依大道，并不意味着摒弃现世的美好，相反，它与美的意趣同在。所以，"拈花微笑"的故事被人们喜爱，还有更平凡、更日常性的原因，就是它象征了一种生活态度：以恬静而欢喜的心情看待世间的一切，笑对众生，笑对万事，自然超脱。

佛教与老庄的结合，形成了禅宗思想。禅悟是一种摆脱语言阐释和逻辑分析，通过个体的体验与实践彻悟真理，使生命趋向完美的过程。

三　何处惹尘埃

烦恼不起，清静自如，
便能达到真正的觉悟。

河南嵩山少林寺是一座千年古刹,也是禅宗祖庭。

到少林寺游玩,可以看到一块"达摩面壁影石"。相传达摩曾在少林寺五乳峰的石洞里面壁九年之久,以至于身影投于石上。

现在能看到的这块影石其实是复制品,原来的那块已经在1928年少林寺遭受纵火焚毁时遗失了。《登封县志》记载,这块影石"长三尺有余,白质黑纹,如淡墨画,隐隐一僧,背坐石上"。清代姚元之所著《竹叶亭杂记》中说,面壁石上的影像靠得很近时是看不清楚的,往后退五六尺,石上渐显人形,退到一丈开外,"则俨然一活达摩坐镜中矣"。这是一块富有神奇色彩的石头。

在禅宗史上,摩诃迦叶被称为西天(指印度)初祖,菩提达摩被称为中土(指中国)初祖。菩提达摩是古代南印度的高僧,在南北朝时期由广州进入中国传法。当时统治南方的梁武帝是一名狂热的佛教信徒,相传他曾经召见达摩,却话不投机,随后达摩去了北方,驻足于少林寺。传说达摩到了长江边,看周围没有船,就折了一根芦苇,踏着它渡过了长江,这叫"一苇渡江"。这个故事很有诗意。

明·佚名 《苇渡图》

少林寺在后世以武功著名，人们也把这份功绩记在了达摩头上。据说他发明了少林拳、达摩剑、达摩杖等各种武艺；在金庸小说中被描绘得极为神奇的《易筋经》，历来也是署着达摩的名字。古代就有一些达摩画像流传下来，形象大抵是大脑袋、稀疏的鬈发、圆眼络腮，有时手持一根禅杖。他如果如传说一般武功高强，那真是威风得很。

但这方面的传说实际没有多少根据。达摩在少林寺时主要传播源自印度的禅学，这和后来的禅宗还有很大距离。达摩传法于慧可，经僧璨、道信、弘忍，禅学逐渐与中国固有的文化传统相融合，至盛唐时期六祖慧能创立"南宗禅"，才真正代表佛教中国化的完成。

人们说起中国禅宗的早期历史，总是从达摩数到慧能。其实禅宗的形成过程要更复杂一些，其中，还有许多僧人、居士起了重要作用。

就在达摩驻锡[1]少林寺前后，中国的南方也有众多信仰者以自己的方式在弘扬佛法，其中跟禅宗有关的特别重要的人物，是居士傅翕，通常被尊称为"傅大士"或"善慧大士"，主要活动于梁武帝时期。南方的文化与学术风气向来更为轻灵活泼，当达摩在北方依循印度禅法传教时，傅大士已经开始积极地将老庄思想甚至一些儒家观念融入佛学中，态度和方法都不拘成规而富于机变，对于南方禅风的形成和禅的中国化有着深远影响。

傅大士的事迹往往带有传说色彩，难辨真伪，但颇有值得寻味之处。据说，有一次梁武帝请他开讲《金刚经》，大士升座，挥起戒尺在讲案上"啪"地敲了一下，便离开了座位。皇帝被他弄呆

---

[1] 僧人出行，以锡杖自随，故称僧人住止为"驻锡"。——编者注

了。在旁边的宝志和尚问武帝:"陛下会(明白)吗?"武帝只好老老实实地回答:"不会(明白)。"宝志就宣布:"大士讲经完毕。"(唐代楼颖《傅大士录》)

这大概是最早体现出禅家"机锋"的故事。

这个故事虽然有些环节没有说清楚,但它应该有一个前提,就是听讲的人对《金刚经》的文字内容本来是熟悉的,他们期待的是讲经人的阐发。而傅大士既不遵循任何形式,也不对经文做任何语言文字的解说,只是以一个简单至极、无迹可寻,也无法从逻辑意义上加以分析的动作,去激发对方的内心活动,使之豁然醒悟。至于听讲的人在拍案声中体悟到什么,那是他自己的事情。早些年我看到一则报道,说某位西方钢琴家开演奏会,手放在琴键上一声不响,全场肃然,良久,便宣告演出结束。这也颇有傅大士说《金刚经》的风调,只是不知道他读没读过傅大士的故事。最美妙的音乐,只能靠自己去想象,而不是等待演奏家用手去弹奏;最高深的佛法,也只能自己去体会,而无法用语言文字来传达——这就是两则故事相通的地方。

傅大士也是中国早期禅学者中留下文字作品最多的一位,其中最重要的一篇是《心王铭》,而广为人知的则是两首短小的偈诗。我们先看其中的一首:

> 有物先天地,无形本寂寥。
> 能为万象主,不逐四时凋。

傅大士告诉人们:佛性是在天地尚未形成之前就已经存在的,它没有具体的外形可以让人们看见与捉摸,却无所不包容;它不生不灭,万古长存,既是永恒的空寂,也是无时无刻不在刹那间生生灭灭的万事万物的本体。

你若是读过《老子》，马上就会发现：傅大士虽然在谈佛性，但这首偈诗的内容却完全是融括《老子》第二十五章而成，原文云："有物混成，先天地生。寂兮寥兮，独立而不改，周行而不殆，可以为天地母。"这是老子对"道"这一宇宙本体的形容。对这样的偈诗，我们可以认为傅大士是在用一种巧妙的手段，借"道"说"禅"，使中国士人容易接受佛教的哲理；反过来说，你也可以认为这是将"道"与"禅"互相嫁接，使"禅"中国化的一种方法。

而另一首偈诗则更为奇特，它是道家传统里不曾有过的表述：

空手把锄头，步行骑水牛。
人从桥上过，桥流水不流。

十多年前我在旅途中偶遇一位年轻的僧人，不足二十岁，样子有点戆朴。问他学佛的心得，他说他不懂什么，但师父告诉他，学好了，就会明白为什么"桥流水不流"，言语间充满了对某种高明智慧的景仰和向往。好多年过去，那位僧人也跨入中年了。我不知道他是否已经明白"桥流水不流"的道理。

这首偈诗不容易理解，因为它是自相矛盾的。既然是"空手"，怎么又能"把锄头"？既然是"步行"，如何又在"骑水牛"？"人从桥上过"很平常，"桥流水不流"却显然违背常识。但禅者的话语常常就是如此，把矛盾的事物放在一起来说，描述看起来完全不合理、不可能的景象，以拒绝、排斥逻辑分析，超越一般常识见解，引起更深一层的思考，指向高妙的境界。

如果尝试做些解析，或许可以这样说：以佛理而言，心性应该是空明的，这样才能自由无碍，但一无所为、毫无行迹的空，也并不存在。根本在于，无论人处在什么样的境况下，都需要保持心性的空明，而不受外物的牵累。

人在社会条件下生活，必然会获得某种特定的社会身份，这种身份在社会评价中有高下贵贱的区别，但身份的所谓高下贵贱，说到底是各种外在因素结合的结果，根本上还是虚幻的，不能够成为人生的根基。譬如说，你做了官，官位就是你把着的"锄头"。如果不能意识到自己说到底是"空手"，迷失在官腔官威中，只会做官，不会做人，那么你整个就变成"锄头"了。我们常常看到有些官员突然遇到挫败，完全不能适应身份的失落和环境的变化，精神崩溃，言行荒诞，就是因为他把"锄头"当成了自己。或者说，他在充当"锄头"的时候，完全迷失了自己。

这样来看，"空手把锄头，步行骑水牛"并不是不可以理解的事情，而是它讲了一个道理：虽有行迹，依然是空。我们在世间会遭遇很多变化，也必须应对这些变化，但我们的内心必须保持平静和稳定，能不被外界的变化带着走，这就是"空"的意义。

"人从桥上过，桥流水不流"，首先可以理解为从相对的观念来看事物的运动：在桥和水的关系上，既可以认为水在向前流，也可以认为桥在向后退；"动"和"不动"其实是事物在相互关系中呈现的状态。有个成语叫"稳如泰山"，但泰山是"不动"的吗？大地是"不动"的吗？地球在自转、公转，它的速度远远超出我们日常所能认识到的一切物体的运动速度，只是我们平时不能看到和它形成相对关系的对象罢了。

还有一种理解方法：把"流"视为变易，那么"变"也就是"不变"。水总在流，是变也是不变；万物皆有成（形成）、住（持续）、坏（破坏）、空（消失和转化），桥的不变也是变。

我们不能确定傅大士的本意是不是兼以上两者而言，但他要求人们放弃单一和固执的立场来看待事物的变化，这是可以清楚体会到的。

古代禅诗那种玄妙的气质往往给现代诗人带来某种诱惑。台湾诗人周梦蝶的《摆渡船上》，就会让我们想起傅大士的"桥流水不流"：

> 是水负载着船和我行走？
> 抑是我行走，负载着船和水？
> 暝色撩人，
> 爱因斯坦底笑很玄，很苍凉。

我用自己的方法对这首偈诗做了些解释，但究竟应该怎么去理解，恐怕因人而异——或许它根本没有固定和唯一的"正解"，只有一种暗示和引导。所以禅往往令人感到不可思议。而傅大士之作，正是最早出现的具有上述特征的偈诗，它在禅史上的重要性，也就不言而喻了。

中国禅宗史上最重要的人物是六祖慧能。有人把他和孔子、老子并列，称为中国儒、道、释的"三圣"。慧能继承弘忍衣钵的故事载于《六祖坛经》，带有很多传奇色彩。

当时五祖弘忍在湖北黄梅的东山寺开坛说法，有弟子七百多人，其中大弟子十余人。在大弟子中有一位叫神秀，他被选为"教授师"，代师父给普通弟子授课（有点像现代大学里的助教），学问特别好，地位最为突出。寺庙里还有一个特别不起眼的人，就是慧能。他本来只是一个不识字的樵夫，因为喜好佛法而投靠东山寺，充任踏碓舂米一类的杂役，还没有正式剃度，跟现在的农民工差不多。

弘忍感到自己年老了，准备选择一个继承人。他要求诸弟子各作一首偈子来显示对禅的理解，他将据此做出决定。选择传人，除了神秀还能是谁？弟子们都认为那是理所当然的事情，旁人就不用考虑了。神秀也就当仁不让，某日夜晚在南廊的墙壁上题写了一首偈子，语云：

> 身是菩提树，心如明镜台。
> 时时勤拂拭，勿使惹尘埃。

慧能到东山寺才八个多月，整天忙着干活。他听众人都在议论神秀的偈子，认为他说得不对，可是自己不识字，就请人代写了一首偈子题在墙上：

> 菩提本无树，明镜亦非台。
> 本来无一物，何处惹尘埃。

弘忍看了神秀的偈子，评价是"只到门前，尚未得入"，而看了慧能的偈子，认为他真正明白了佛法要义，于是半夜三更将慧能唤入内室，为他解说《金刚经》，而后将代表禅宗一脉相传的袈裟交给他，表明他是自己的合法继承人。我们读《西游记》，看到菩提祖师半夜把孙悟空约到内室，教给他神通变化的本领，就是从慧能的故事演变而成的。

弘忍是有眼光的人。但慧能的身份、名望都太低了，难以服众。众僧也很难接受这一安排。弘忍恐怕他被人所害，又连夜将他送走，于是慧能去了广东。也许，这也是弘忍对慧能的一个考验：

南宋·梁楷 《六祖撕经图》

能不能自立，终究要看自己。以后神秀在北，慧能在南，各立一宗。南北对峙有一段时期，到中唐以后，南宗禅占了上风，被推举为禅家的正宗。

神秀与慧能两偈的区别到底在什么地方？

神秀偈体现出来的是一种高度警觉的状态，要求时时刻刻看管着自己的心灵，在持续的修行努力中抵御外来的诱惑。当神秀说"身是菩提树"时，他把智慧落实在"身"，即有形的个体生命上，因此智慧成为"我"的智慧，与外部世界对立的智慧，成为狭隘而有限的东西。心如镜一般空明，意思本来也不错，但说到"心如明镜台"时，"台"象征了某种坚定而固执的姿态，心的空明实际上也不可能存在了。

而在慧能看来，我们的身心并非实有，试图用拂尘不断扫除的"尘埃"也并非实有。正如《金刚经》所说，"凡所有相，皆是虚妄"，一切现象都不具有真实不变的本性。而一旦意识到"本来无一物"，摆脱了以自我为中心的意念，消除了"我"与外界的对立，就没有尘埃也没有拂拭尘埃者。烦恼不起，清静自如，在一种不需要刻意修持、不脱离日常生活的状态中，便能达到真正的觉悟。

后人对神秀与慧能的两首偈子发表过无数的议论。要从如此短小的文字中，分析他们佛学理论系统的不同，恐怕是牵强的。这里虽然关系到某些禅修要旨的问题，但更显著的区别，却是他们在禅的修持中所追求的生命状态。禅宗自达摩传至弘忍，已历五世，虽然逐渐与中国文化传统相融，但一直延续着印度禅风，以坐禅静修为主要途径。弘忍恐怕已经有了改变宗风的想法，他也许是从慧能身上看到了禅宗发展的新方向。在《禅宗颂古联珠通集》中，收有南宋末葛庐覃禅师的一首诗，就特别注重这一点：

师资缘会有来由，明镜非台语暗投。
坏却少林穷活计，橹声摇月过沧洲。

前两句说慧能与弘忍师徒间意趣相投。第三句中，"穷活计"本义指辛苦谋生的方法，这里借指由少林寺所建立的苦修传统，这个传统被慧能破坏了。而"橹声摇月过沧洲"一句，字面说慧能渡江去了南方，同时也隐喻从慧能以后，禅宗转向更洒脱、更富于诗性的方向。

慧能所建立的南宗禅，有如下三个要旨：

一是强调"心外无佛"。每个人的心性就是佛性，成佛只在自悟本性，因此禅的修持虽然不排斥坐禅、诵经，但并不以此为必需的条件。相反，不适当的、固执化的坐禅与诵经，反而有可能成为"悟"的迷障。高明的禅师遇到那样的徒弟，只好一脚把他踢翻，把他的经书扔到火中烧掉。

二是强调顿悟。由于人内在的佛性是完整而不可分解的，因此达到悟境的方式不能是渐进的、有阶次的，而只能是顿悟。而且这种顿悟并无规则可循，完全凭个体的直觉。

三是强调不离世间。慧能《六祖坛经》中说："佛法在世间，不离世间觉。"修行不意味着脱离世间的生活，用大珠慧海禅师的话来说，"饥来吃饭困来眠"就是他的"用功"方法。而悟道的人也只是在现实的生命中完成了超越的佛性和内在本性的终极合一，完成了终极的解脱，他仍然和常人一样吃饭睡觉、担水劈柴。

这三大要旨归结起来，又关系到佛教尤其是禅宗的一种具有根本意义的世界观，它和一般宗教有很大的不同：世界的本质是佛性，而世界的佛性与人的心性是同一的，所以对心性的认识，就是对世界的佛性的认识。换句话说，个体生命的最高本质与世界的最高本质是同一的,"上帝"的本质就是人的本质,人的一切焦虑与困苦,只是因为心性的迷失。

那么禅到底是用来干什么的?可以是成佛,很多修禅的人有一个宗教目标,是超越生死轮回,进入永恒,即"涅槃"。这与基督教经末日审判到达天国的愿望是一致的。但禅也可以与宗教目标不相关,只是关注现世的生活。在后一种意义上,禅是一种精神上的解脱与超越,是一种富于智慧的人生态度,是一种自在的生活方式。用"世界禅者"铃木大拙的话说:"禅就本质而言,是看入自己生命本性的艺术,它指出从枷锁到自由的道路。"(铃木大拙、弗洛姆合著《禅与心理分析》)

我们说禅,主要是说一种人生态度和生活方式。通过禅可以更好地理解自己,理解世界,理解自己与世界的关系。因为归根结底,禅相信生命有一种完美的可能,并要使之在生活中获得实现。

禅作为人生态度与生活方式,本质上带有诗性特征。它运用直觉,体现个性,天机活泼;它超越凡俗,却不离日常。正因为存在本质的关联,中国的诗学和禅学很早就相互走近。禅中有诗,诗中有禅,构成了中国传统文化的一个重要特征。

四　满船空载月明归

你什么也没有得到，
空船而去，空船而归，但心是欢喜的。

禅宗六祖慧能在接受五祖弘忍传法之后，为了避免纷争，连夜逃到南方去了，过了十余年隐居生活。后来他到广州法性寺（现光孝寺），参加了住持印宗法师讲《涅槃经》的法会。

会场上有一阵风吹动了旗幡，两个和尚注意到了，一个说是"风动"，一个说是"幡动"，争执不休。慧能上前告诉他们："不是风动，不是幡动，是仁者心动。"（《六祖坛经》）这令听到的人都吃了一惊。

这是禅宗史上非常有名的故事，慧能的说法，依据的是《大乘起信论》中两句很有名的话："心生则种种法生，心灭则种种法灭。"这里的"法"，简单说就是"现象"。现象是依意念而起、而灭的吗？这看起来有点奇怪。就像慧能说"心动"的那个例子，如果简单地去看，好像真的很荒谬：明明是"风吹幡动"，它跟"心"有什么关系？难道你心不动，风就不再吹着幡动了吗？

佛教在这方面有非常复杂的理论，我们暂且只从比较浅近的层面来说：当人们判断一个事物"是什么"或"怎么样"的时候，他自身的立场、知识、经验，以及价值尺度是在起作用的，这个时候他往往看不到事物的本质。当一个人内心充满温情时,世界是美好的,春花固佳,秋叶亦美。相反,如果内心充满仇恨,他看到的到处都是敌意,听到的所有声音都似乎暗藏着阴谋。圣严法师说:"我们看到仇人时,分外痛苦,但是,如果将心念转变一下——宽恕他、原谅他、同情他,以慈悲心对待他。当慈悲心一生起,怨恨就消失了;当你没有怨恨的心时,他就不再是仇人,'仇人'这个想法、'仇人'这个现象,也就不存在了。"这就是"心灭则种种法灭"。

圣严的话不错,但也许还不够透彻。

实际上,人们常常是先有仇恨,再有仇人,心里的仇恨会带领我们找到仇人。这时候"仇人"只是仇恨得到实现的对象。而相反的一种情形是:只要有情欲,就会有爱人。因为情欲也需要找到实现的对象。汤显祖的名作《牡丹亭》如此动人,就是因为它描述了一个生命欲望渴求得到实现的故事。

如果人不能明白、控制自己的欲望,被内心的欲望所扰动,心动后万物随之而动,他看到的就是一个变形的世界。站在狭隘、偏执的立场上,是非无穷,祸福无端,内心的焦虑越来越深。而禅的修持所要达成的境界,就是摆脱种种虚妄的意念,摆脱由这种妄念所造的世界的幻象,保持空明的心境,随缘而行,不为外物所动,如此由超脱而达成自由。

千尺丝纶直下垂,一波才动万波随。
夜静水寒鱼不食,满船空载月明归。

这是唐代德诚禅师的一首诗,题名《船子和尚偈》,是用钓鱼为象征说禅法。"千尺丝纶直下垂",一个很深的欲望引导着人的行动,名也好,利也好,总之人心焦渴,一定要从外界获得什么才

明·陆治 《寒江钓艇图》

水寒鱼不餌手為薊蒦如何永輕縹聊孜釣成名者多壬午仲春治題

雪滿青山暮畫船中流泛小蚁蓬筇携入氷壺去一斤清寒萬星天
嘉靖辛卯春日 淑明題

隆慶二年夏日包山陸治

得满足。可是"一波才动万波随",就像水面的波纹,一浪推着一浪,你走了一步,随着就有第二步、第三步乃至无穷。而因果的变化却不是人能够控制的,你会越来越多地感叹:"唉,形势比人强啊!""无可奈何啊!"世上有些人苦大仇深、生死相搏,被问到起因,不过是些琐屑小事,甚至是一时误会。何至于此呢?就是"一波才动万波随"嘛。

"夜静水寒鱼不食",你忽然醒悟过来,发现自己最初所求的目标就是虚妄的,或者说可有可无的,得之失之,随之由之而已,你就从被动的状态中摆脱出来,飘然无碍。"满船空载月明归",你什么也没有得到,空船而去,空船而归,但心是欢喜的。其实,什么是"得"呢?你一心想要得到一个东西,念念不忘,心都被它塞满了,偌大世界,置若罔闻,"得"未尝得,失掉的已经很多!什么是"失"呢?你于外物无所挂心,将"得失"只看作因缘的起落变化,心中有大自在,根本就没有东西可"失"。"一波才动万波随"是俗众的人生,"满船空载月明归"是禅者的境界,其中的区别很值得体悟。[1]

王维有一首《辛夷坞》,写一个小小的景色而极富禅趣:

木末芙蓉花,山中发红萼。
涧户寂无人,纷纷开且落。

这里"木末芙蓉花"借指辛夷。辛夷是一种落叶乔木,初春开花,花苞形成时像毛笔的头,故又称"木笔"。花有紫白二色,开

---

[1] 禅诗的解释往往各人所见不同,此处参用台湾林谷芳的《千峰映月》的见解,特予说明。

在枝头（就是"木末"），大如莲花（所以用"芙蓉花"比拟，莲花也叫芙蓉花）。这诗说"发红萼"，那是紫色的辛夷。我曾经在山野见过这种花，开花时树叶还未萌发，一树的花，色彩显得格外明艳。这种花凋谢的速度又很快，花盛开的同时就能见到遍地的花瓣，在草地上，在流水中，格外醒目。

佛家言"青青翠竹，皆是法身；郁郁黄花，无非般若"（《大珠慧海禅师语录》），意思是在自然草木中也可以体悟佛法智慧，草木似无情而又有情。山谷溪涧之处，辛夷自开自落，不为生而喜，不为灭而悲。

它有美丽的生命，但这美丽并不是为了讨人欢喜而存在的，更不曾着意矫饰，故作姿态。你从尘世的喧嚣中走来，在绝无人迹的山涧旁见到天地寂然，一树春花，也许真的就体会到什么是万物的本相和自性；你又回到尘世的喧嚣中去，也许有时会想念那山中的花在阳光下展现明媚的紫色，无言地开，无言地落。

前面我们曾说起禅宗的一个重要来源是中国的老庄哲学，有些诗人纯粹从老庄思想出发，也会提出与禅宗相近的人生道理。"道"与"禅"分分合合，时常在半路相遇。譬如陶渊明说："纵浪大化中，不喜亦不惧。应尽便须尽，无复独多虑。"（《形影神赠答诗·神释》）生死是自然的过程，一味贪生怕死，又因贪生怕死而生出无穷欲念、荒唐行径，生命的自然性就被破坏掉了，成为无根的浮嚣。

如果觉得王维那首诗虽然令人震撼，却多少有点冷寂，我们就再读一首韦应物的《滁州西涧》，它的味道有些不同：

独怜幽草涧边生，上有黄鹂深树鸣。
春潮带雨晚来急，野渡无人舟自横。

韦应物是中唐诗人，曾经做过滁州（在今安徽省）刺史，这首诗就是写滁州西部山野的景色。

诗开头写草。"独怜"是偏爱的意思。为什么呢？一方面山涧边的草得到水的滋润，春天到来时显得格外葱翠；另一方面这是"幽草"，它是富于生气的，同时也是孤洁和远离尘嚣的。对涧边春草的喜爱，体现了作者的人生情怀。

如果一味地写景色之"幽"，则诗中的意境便容易变得晦暗，所以随后写黄鹂鸣于深树，使诗中景物于幽静中又添上几分欢愉。这是一首郊游遣兴之作，不像王维的《辛夷坞》那样强烈地偏向于象征，它有更多的生活气息和情趣。

绝句的第三句通常带有转折意味，同时为全诗的结束做铺垫。在这里，"春潮带雨晚来急"，雨后的山涧到了黄昏时分越发流得湍急，一方面交代了郊游的时间、过程和景物变化，另一方面又很好地衬托了末句的点睛之笔——"野渡无人舟自横"。

涧水奔流不息，而涧边渡口的小舟却自在地漂泊着，一种摆脱约束、轻松悠闲的样子。时间好像停止了。

人总是活得很匆忙，无数的生活事件迭为因果、相互拥挤，造成人们心理的紧张和焦虑；在这种紧张与焦虑之中，时间的频率显得格外急促。而假如我们把人生比拟为一场旅行，那么渡口、车站这一类地方就更集中地显示了人生的慌乱。

舟车往而复返，行色匆匆的人们各有其来程与去程。可是要问人到底从哪里来，往何处去，大都茫然。因为人们只是被事件所驱迫着，他们成了因果的一部分。

但有时人也可以安静下来，把事件和焦虑放在身心之外。于是，那些在生活的事件中全然无意义的东西，诸如草叶的摇动、小鸟的鸣唱，忽然都别有韵味；你在一个渡口，却并不急着赶路，于

南宋·佚名　《野舟横渡图》

是悠然漂泊的渡船忽然有了一种你从未发现的情趣。当人摆脱了事件之链，这一刻也就从时间之链上解脱出来。它是完全孤立的，它不是某个过程的一部分，而是世界的永恒性的呈现。

"野渡无人舟自横"有很强的画面感，也经常成为画家的选题。那是一条不说话的船，却在暗示某种深刻的人生哲理。

我们回到开头关于"风动还是幡动"的问题。我想慧能也并没有否认在"风吹幡动"的事实中，风与幡各是一缘，他只是说当人的意念偏执于一方的时候，就已经被争胜的欲望所支配，不能够圆融地看待事物的关系，迷失了空明虚静、自在自足的本性。这时候坚持说"风动"或"幡动"，其实是"心动"。

世间有无穷的是非、无穷的争执，还有无穷的诱惑，人不能不在其中走过，要全然不动心也许很难，但若是处处动心，那恐怕要一生慌张，片刻也不得安宁。

五　坐看云起时

落花随流水而去的所在，
有另一片美好的天地向你展开。

王维诗歌中包含禅趣的作品很多，前面我们提到《鹿柴》和《辛夷坞》，这两首诗都是在描写景物时有意识地寄寓哲理性的象征，用力比较重。下面要说的《终南别业》情况有所不同，这是一首游览诗，它所包含的哲理是通过具体的日常生活行为来体现的，显得更为自然。而且，这也反映了禅宗思想一个非常重要的特征：禅首先不是宗教，不是哲学，而是生活方式、人生态度。我们来读这首五律：

> 中岁颇好道，晚家南山陲。
> 兴来每独往，胜事空自知。
> 行到水穷处，坐看云起时。
> 偶然值林叟，谈笑无还期。

　　王维诗提到他隐居的场所，有时说"辋川别业"，有时说"终南别业"，其实是同一个地方。"终南"指终南山，它包括长安城南边很大的一片山区，是一个大地名；辋川位于陕西省蓝田县境内

唐·王维 《辋川图》

终南山的北麓,是一个小地名。

诗开头两句概括了自己的人生兴趣和生活方式:从中年开始喜欢佛学("道"指佛家之道),晚年就在终南山下过起了隐居生活——其实是半官半隐,王维晚年虽担任尚书右丞的官职,但不太参与实际政务。这里有政治经历的原因:在安史之乱中,叛军占据长安,王维曾被迫接受"伪职"。唐军收复长安后,他受到追究,虽因各种情况得以避免严厉的处分,但客观上他从此就很容易被政敌攻击,不便对政治发表强烈的意见。同时又有心理的因素:在经历仕途风波之后,他越发感觉到人世的虚幻,因此对佛家的超脱精神有了更深切的体会,而隐居山林便成为最好的生活方式。

隐居生活孤独而随意,兴致来了便独自外出漫游,遇到"胜事"——美景或有趣的事物——也只有自己知道。"空"本来有徒然的意思,但在这里,"空自知"并非表现出沮丧无奈,而是感叹此中的乐趣无法同奔波于尘世的人分享。其实对合适的对象,王维还是很愿意说的,他有一篇《山中与裴秀才迪书》,是文学史上必定提及的名作,信中描述辋川冬夜的月色:"夜登华子冈,辋水沦涟,与月上下。寒山远火,明灭林外。深巷寒犬,吠声如豹。村墟夜舂,复与疏钟相间。"然后想象春天到来时又一番光景:"当待春中,草木蔓发,春山可望,轻鲦出水,白鸥矫翼,露湿青皋,麦陇朝雊。"最终发出充满诱惑的邀请:"斯之不远,傥(或许)能从我游乎?"只是像裴迪那样被他赞美为"天机清妙"的人本也不多,事后用优美文字来描述景物,与触景生情时当下的感受,也不是同一回事了。所以终究是"空自知"。

下面"行到水穷处,坐看云起时"记述了一段游览的经历:沿着山溪怡然而行,不知不觉走到流水的尽头,像是无路可走了却也不以为意,便随意坐卜,遥望远山,看见水汽飘浮,渐渐凝聚为轻妙的云朵。

这大概是中国古诗中内涵最为丰富、意境最为美妙的佳联之一。它不仅纪实，也是一种人生态度的象征。晋人阮籍驾着车在外面走，走到路不通处就恸哭而返，因为他由此联想到人世的艰难。但在王维这首诗里，走到路的尽头无路可走，并不是挫折也无所谓困顿，而是随遇而安，到处都有佳境。

换一个角度看，这两句诗又写出了万物变化的奇妙。我们用宋代陆游的名句"山重水复疑无路，柳暗花明又一村"（《游山西村》）做对照。陆游也是写景物随着行踪而变，写路到尽头，别开生面。但他的思维路径还是单线的，是一种曲折变化的单线。而"行到水穷处，坐看云起时"，则是在意想不到的地方落笔。"水穷"和"云起"好像是没有关系的事情，但世间种种不可思议的变化，却每每在看起来没有关系的地方发生，用单线式的思维不能够理解它。这比陆游的名句显得更为空灵。

律诗的尾联需要有很好的收结，但王维好像没有找到收结的方法，他接着写偶然遇见山林中的一位老者，开心地谈笑，忘了回去的时间——其实他已经收结了：随兴漫游是偶然，水穷云起是偶然，遇见林叟笑谈而忘返也是偶然。一切都没有事先的设计，没有预期的目标，无须苦心经营。对于诗来说，也不必特意给它一个深刻的总结。

这首诗从"中岁颇好道"起头，它涉及的佛理几乎是明白宣示的。但诗中并无抽象说理的内容，怎样理解其中的佛理，仍是各人的体会。清代诗评家徐增从"无我"这一观念来解释，说："行到水穷去不得处，我亦便止；倘有云起，我即坐而看云之起。坐久当还，偶遇林叟，便与谈论山间水边之事，相与留连，则便不能以定还期矣。于佛法看来，总是个无我，行所无事。"（《说唐诗》）

"无我"是佛教的核心观念之一。依据缘起理论,世界上一切事物都没有独立的、实在的自体,人是由"五蕴"(色、受、想、行、识)组成,也没有一个常一主宰的"自我"(独立灵魂)存在。"五蕴"解说起来很复杂,简单地说,正像日常说"今日之我非昨日之我",人从肉躯、感觉到心念和对外物的认知,无一不处在变化中,人只是依缘而不断生生灭灭的种种要素的集合。因此,没有必要用固执的态度来对待生活。徐增以为正是从这种观念出发,王维诗中所记述的游览过程才体现出"行所无事"(行为没有目的)的特点。

徐增的理解也不能算错。但是,应该注意到王维不仅是一名佛教信徒,还是一位伟大的诗人,而诗人的天性在于对美的敏感。按佛教的本义,万物无常,无常是苦。而诗人的心灵,却正因为认识到万物无常,更能在机缘巧合中感受到人生的乐趣,以及事物变化的神奇与美妙。在此种境界下,人不受外力压迫也不受欲望牵引,自在自足,飘然如云。

前面提及王维致裴迪的信,说到唯有"天机清妙"之人,才能体会隐居山林的乐趣,那么李白应该属于这种类型吧。

李白的思想比较混杂,什么都沾到一点,和道教的关系特别密切,所以当时人们把他称为"谪仙"(从天宫里被贬谪到凡间的仙人),可以想象他一派飘然仙风道骨的样子。

但这并不妨碍李白同时喜欢佛教。他的号叫"青莲居士",这青莲就是佛教徒所喜欢的具有象征意义的事物。清代人王琦在《李太白集注·年谱》中解释这个号的由来说:"青莲花出西竺,梵语谓之优钵罗花,清净香洁,不染纤尘。太白自号,疑取此义。"这大概是不错的,李白诗歌中也有"心如世上青莲色"这样的句子。

李白是个大耐烦的人,他不太喜欢在诗歌里用细致的手法表现

南宋·梁楷 《李白行吟图》

禅理。而在描写自己向往的生活方式时，往往呈现出一种无牵挂无羁绊、不执着不黏滞的飘逸的生命姿态，这就体现出禅趣，和王维《终南别业》一类诗精神相通。譬如《山中问答》：

问余何意栖碧山，笑而不答心自闲。
桃花流水窅然去，别有天地非人间。

这首诗用问答的方式展开，是为了追求生动活泼的效果，好像可以看见李白在跟什么人说话的神态。那么，对"何意栖碧山"的提问，为什么"笑而不答"呢？这跟王维说"胜事空自知"有相似的意思：这种生活乐趣，不适合用语言来描述，懂的人不用说，不懂的人说了也没用。

我们再追问一句：不答就不答，"笑"什么？嘲弄提问的人吗？这首诗另一版本的题目叫《山中答俗人》，就是把那个假设的提问者当作嘲笑的对象。这个题目大概是后人乱改的，令人感觉浅薄。以这样的理解看李白的神态，是一种居高临下的自得，难免有几分滑稽。

其实从诗中可以体会到，"笑"是被一个提问所引发的内心愉悦，好像在自己对自己说："你问我为什么，为什么呢？"不自觉地就笑起来了，所以是"笑而不答心自闲"。而下面的两句也不是对提问的回答，而是由提问引起的感想。

"桃花流水窅然去"，展开一幅画面，是构成全诗意境的核心。一般说来，中国古诗写到落花，多有伤春的意味，但这里完全没有。鲜艳的桃花飘落水上，流向幽静深远的地方。你的目光注视着它，心神追随着它。此时此刻，自然以一个动作打动了人，成为人的精神向导。

花谢了，你可以把它看成一个过程的结束，而人们为之伤感，是因为联想到一切美好的事物都不长久。但在大自然的无限生机里，花落只是一个变化；在落花随流水而去的所在，有另一片美好的天地向你展开。这也和王维描绘云从山谷中升向天空的图景相似。

最后归结到"别有天地非人间"。明白了生活的本质，人所获得的将是一个新的世界。

禅是精神的解脱，从自设的、他设的羁绊与枷锁中解放心灵。到了禅里面，很多所谓"常识"被瓦解了，于是有更广阔的空间展现出来。

下面我们录一首契此和尚的《插秧诗》：

> 手把青秧插满田，低头便见水中天。
> 六根清净方为道，退步原来是向前。

契此和尚是一个带有传说色彩的人物。相传俗姓张，生活于五代后梁，明州（今浙江宁波）人。他是一个游方僧，常背着一口布袋出游四方，所以又被称作"布袋和尚"。他长得头圆肚大，身子肥胖，好行善事，笑口常开。据说他圆寂时自称是弥勒佛的化身，以后人们便按照他的模样塑成了中国式的大肚弥勒佛，这种弥勒佛和印度佛教中原有的形象已经完全不同了。在供奉这位弥勒佛的殿堂上常见如下的对联：

> 大肚能容容天下难容之事
> 开口便笑笑世间可笑之人

关于契此的传说和大肚弥勒佛形象的形成，实际上代表了中国

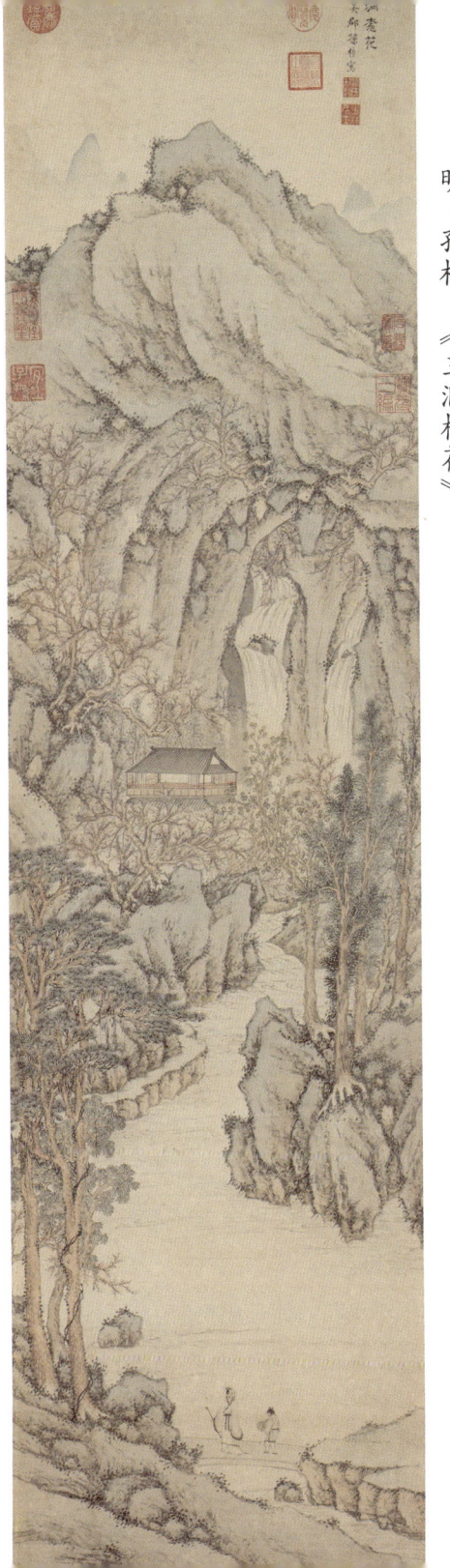

明·孙枝 《玉洞桃花》

民间对佛教的一种认识或者说期待：人们希望佛是善良的、可爱的、亲切的，他又神圣又喜笑。为什么会有大肚弥勒佛？因为佛太庄重，所以就出现个好玩的。有了一尊弥勒佛像，寺庙就少了几分庄肃威严，而多了几分欢快的气氛。观音菩萨本来是男身，为什么后来显示为美丽妇人的形象？因为佛、菩萨都是男人，没意思。如此佛的世界才丰富多彩。

以契此和尚的名义流传下来的诗篇不少，其中最有名的就是上面这首《插秧诗》，它的特点是以平凡的农业劳作为比喻，引申出做人的道理，给人以有益的教诲，同时又很好地阐明了禅宗的哲理。佛教徒以通俗语言寓教化之意的诗作很多，但真正要做到言浅意深，把多种元素融合成一片，却也不容易，《插秧诗》是比较成功的例子。

开头"手把青秧插满田"是简单的叙述，直来直去，明明白白。接着"低头便见水中天"是顺延着上一句说下来，也是插秧时习见的景象，但已经渗入了象征的意义。民间谚语说"抬头三尺有青天"或者"抬头三尺有神明"，是告诫人们所作所为要光明正大，不可暗怀歹意。这里借插秧时云天映于水面的景象，把前面那种说法向更深处推进了一步：不要说抬头见天，低头又何尝不能见天？"天"也罢，"神明"也罢，说到底只是人心向善之意，不能说头一低，咬咬牙，就什么也不顾了。如果心里一片光明，什么情形下人都是堂堂正正的。

稻秧有时会得病，根发黑变烂，插下去也长不成稻。佛家的说法，人有"六根"：眼、耳、鼻、舌、身、意。六根不清净，贪欲充塞，就会胡作非为，造下无穷恶业。"六根清净方为道（谐音'稻'）"，用根健康秧才能长成稻的生活常识，比喻六根清净才能成道的人生道理，十分贴合，也非常巧妙。

如何才能保持六根清净？要懂得掌握进退，能够容让。插秧时人是向后退的，退到头，一行秧就插完了，成功了。"退步原来是向前"，再一次拿插秧做譬喻，说明人生在世，有时看起来是退，其实是进。相反，事事争胜，处处要强，反而很容易一败涂地，不可收拾。常语云"退一步海阔天空"，就是这个道理。而这首诗始终紧扣插秧农事，层层设譬，步步推进，让人赞叹大肚子和尚有大智慧。

偶然看到的一则故事说，师父问徒弟："如果你要烧壶开水，生火到一半时发现柴不够，你该怎么办？"有的弟子说赶快去找，有的说去借，有的说去买。师父说："为什么不把壶里的水倒掉一些呢？"世事总不能万般如意，退一步许多事情就变得容易了。

"退步原来是向前"的总结，还不光是说"退一步海阔天空"的道理。从禅宗的思想来说，"进"或者"退"其实不过是人根据需要所做的假设，本身就是虚妄的。目标设在东，往西走是"退"。目标反过来呢？那就是"进"了。昨天以为进步了，今天形势一变，居然是倒退！如果不能圆融地看待世俗的价值和行为常规，就会陷入虚妄的意念中，手舞足蹈，念念有词，归根结底，一场虚空。

王维写"行到水穷处，坐看云起时"，是精妙的句子；契此说"退步原来是向前"，是朴素的格言。但在精神上它们是相通的，都是反对偏执，主张随缘，以一种安静而活泼的心情对待世间的变化，因此获得人生的乐趣。

六　春在枝头已十分

那个遍寻不得的意中人，
原来就在身边不曾注意到的地方。

禅宗史上有一个"磨砖作镜"的故事，说唐代马祖道一到南岳山般若寺怀让禅师[1]那里修行，他把自己关在一个草庵里修习禅定，足不出户，苦苦用功。

怀让认为他的方法不对，就拿了一块砖头在马祖的草庵门前死命地磨。

砖头磨起来的声音是很难听的，马祖被他吵得心烦，开门问："禅师，你磨砖是要干什么？"怀让笑着说："我磨砖是想做一面镜子。"马祖大觉奇怪："砖哪能磨成镜子呢？"怀让接着说："磨砖不能成镜，光是坐禅就能成佛吗？"

马祖一听，豁然醒悟，就拜在怀让的门下，后来成了禅宗的一代宗师。

磨砖的故事所要表述的道理，是禅宗的一个基本要旨：心外无佛，就是说每个人的心性就是佛性，成佛只在自悟本性。坐禅虽然

---

1 通常称为"南岳怀让"，是慧能的弟子。这是禅师的称呼，常见的情况为前两字用地名或寺名，表明其主要的活动地点以及传法系统，后两字为本人的法号。但也有例外，如"马祖道一"，"马"是俗姓。

也是修行的方式，但如果执迷于坐禅，反而可能找不到正确的路径。

相传这是唐代一位比丘尼写下的开悟诗，题名《寻春》，诗中用"寻春"比喻访道，描述了开悟的心灵经历，跟这个磨砖的故事有点儿相似：

尽日寻春不见春，芒鞋踏遍陇头云。
归来笑拈梅花嗅，春在枝头已十分。

在各种思想学说中，真理性的东西总是外于、高于我们而存在，人需要做出各种努力提升自己，才能接近它，获取它。在这样的认识中，普通人被预设为较低级的存在。

那位"寻春"的比丘尼，开始也是向外探求，她不辞辛苦，四处奔走。尽管"芒鞋踏遍陇头云"，走遍山山水水，她还是找不到那个"春"，它似乎被隐藏在什么不可知的地方。她失望了，疲惫了，无可奈何地回到她的住处。

为什么寻不到这个"春"呢？

因为在禅宗看来，世界的佛性和自心的佛性根本就是同一体，追求佛性不过是发现自我的"本来面目"。

只是人类的意识已经习惯了用对立的方法来看待万物，物我对立，善恶对立，是非对立，黑白对立；习惯了用概念代替和曲解实在的事物；习惯了在欲求的满足中体会"幸福"，因此真我佛性、"本来面目"被禁锢在深重的幽暗之中。当这一切被抛弃、化解以后，真我以其本来的澄明状态显现，这就是直指本心、见性成佛。

在诗中的表达，是"寻春"者无意间看到就在她的小茅庵的旁边，开着梅花，顺手摘下一朵，放在鼻子下面嗅它的香气，感觉十分舒适——忽然抬起头来，这不是一树梅花全都开放了吗？"春在

明·陈洪绶 《探梅图》

枝头已十分"!

按照修行者的描述,达到开悟状态是生命潜能和智慧的充分实现,是舒适地顺应生命之流,充满平静的喜悦。

这本来是一种难以言传的境界,但诗中用苦索不得、焦虑万分后忽然间发现满目皆春的喜悦,传达了"悟"所达到的精神境界。

这首诗之所以被人特别喜欢,不仅在于它很好地表现了开悟的心理经验,还因为它所描述的精神历程具有更广泛的意义,不一定只有佛教徒才能理解。南宋理学家朱熹有一首《春日》,跟它就有相似的趣味:

> 胜日寻芳泗水滨,无边光景一时新。
> 等闲识得东风面,万紫千红总是春。

这首诗从字面上看,好像也是写游春观感,但"泗水滨"这个地名对题旨做出了暗示:当朱熹写这首诗时,山东的泗水一带早已被金朝占领并长期统治,而朱熹从来没有去过北方,他不可能到泗水滨去"寻芳"。这个"寻芳"其实是譬喻追求儒家的圣人之道,因为春秋时孔子曾在洙水、泗水之间弦歌讲学,教授弟子。

因而"识得东风面",实际是指对儒道的把握。没有东风,百花不开;东风吹来,遍地是春。"万紫千红总是春",象征把握真理的人心地明朗,生机勃然,绝无涩滞和晦暗,就像春天里鲜花盛开的土地。

那么,为什么是"等闲"——轻松地——"识得东风面"呢?朱熹虽然不信佛教,也没打算成佛,但宋代理学受禅宗思维方法的影响很深,这个"等闲"也有道我一体、两者之间不存在紧张关系的意味。

只是因为儒者是以天下为己任的，所以他写的春光不是"枝头十分"一类情形，而是更为宏大的景象——"万紫千红总是春"。这个句子内含着充沛的生机，使人一读就会受到莫名的感动。

这里有一个问题："尽日寻春不见春，芒鞋踏遍陇头云"的过程，只是个错误，因而是毫无意义的吗？

"见性成佛"只需向内沉思，和人生的实践经验毫无关系吗？恐怕不能这样来理解。如果说"悟"表明认识自我与认识世界是同时完成的，那么也可以说，不经过认识世界，甚至不经过种种挫败、迷失，人也无从认识自我。用诗中的话说，就是不经过"芒鞋踏遍陇头云"，就不会忽然发现"春在枝头已十分"。同样，朱熹诗说"等闲识得东风面"，何等轻松自如，可是达到这一境界的过程，实非"等闲"。

所以王国维在《人间词话》里，借用禅宗的顿悟经验，总结"古今之成大事业、大学问者"，必然要经过的三层境界。

"昨夜西风凋碧树。独上高楼，望尽天涯路。"这是第一层境界。这里的词句出自晏殊的《蝶恋花》，原来是写思妇上高楼眺望远方，只见一片萧飒的秋景，不知所想念的人儿到底在何方。王国维用它来譬喻具有崇高理想的人不畏孤独、目光远大、意志坚决，穷尽一切力量寻求和确定人生的目标。这时主人公的注意力完全是向外的。

"衣带渐宽终不悔，为伊消得人憔悴。"这是第二层境界。词句出于柳永的《蝶恋花》，本意是写相思中的人虽历尽艰辛，但依然执着的心情。王国维用来譬喻在追求远大目标的过程中，必然会陷入迷惘，遭遇困顿，而这时需要"九死而无悔"的坚毅，哪怕看不到出路，也绝不回头。

"众里寻他千百度，蓦然回首，那人却在灯火阑珊处。"这是第三层境界。词句出于辛弃疾的《青玉案》,本意是说那个遍寻不得的意中人,原来就在身边不曾注意到的地方。王国维用来譬喻在经历各种周折与磨炼之后,豁然开朗。这时智慧成熟,精神自由,人在他与外界的关系中,总是处在主动的地位,看待一切都很明了,应对一切都很从容。这意味着:最高的完成并不是外在目标的完成,而是自我的完成。

七　只许佳人独自知

生死流转，
不知是谁在何处埋下了最初的种子。

禅悟是向内的开悟。但人总要首先向外，然后才能向内，必须从世界中认识事物，认识自我，而不是整天枯坐着"向内"。最后，对生命的悟和对外界的悟是一体的。一切完成，归根结底是自我完成。自我完成的人，没有什么不美好，没有什么能阻碍他，不仅对得失无意，而且对生死坦然。

禅宗从本来意义上说是佛教的一部分，所谓"开悟"有时也难免带有神秘成分。但我们完全可以从非宗教的意义和朴素的人生立场去理解禅的经验。

悟是禅的根本，是禅存在的理由。同时，悟又是纯粹的个人经验，没有固定程式，无从学习，不容模仿。拜师也许是必要的，但老师也只能给你一些诱导，不能提供途径。因此，禅宗修习者开悟的因缘真是五花八门、奇奇怪怪。有一种是从艳情诗得悟的，别有趣味。

禅宗史书《五灯会元》卷十九记载了宋代高僧圆悟克勤跟随法演习禅的故事。克勤是四川崇宁人，家中世习儒业，也从小就特别会读书。后来偶尔接触到佛经，心里感觉特别亲切，对同伴说：

"我前世大概是个和尚吧。"就决意出家了。但是他先后投了好几位高僧，总也找不到开悟的路径，最后来到法演的门下。

一日，克勤随侍在法演身边，有位做过提点刑狱公事的陈某人解职还乡，特来参谒法演并向他求教佛家之道。法演禅师道："提刑少年曾读小艳诗否？有两句颇相近：'频呼小玉元无事，只要檀郎认得声。'"那位官员听得惘然莫测，唯应诺诺。法演禅师只好跟他说："且仔细。"意思是你想一想吧。

所谓"小艳诗"是指写男女之情的短诗，常见的为七言四句，类似《竹枝词》的风格。法演所举出的那两句，描述一位女郎因为不便和情郎说话，就频频地呼唤"小玉"（丫鬟），向情郎发出一种讯号。"小玉，拿杯水来！""小玉，怎么花谢了？"这全是无事找事，目的是让"檀郎"认出她的声音，知道她心里正想着他。这样，在情人之间产生交流，而这种交流是潜在的心心相印，不是通过语言的内容来表达。要是"檀郎"认为女孩真是要喝水什么的，那他真是个蠢货了！

这跟学佛有什么关系呢？法演的意思是，学佛也是心心相印。诸佛菩萨的教示言说，祖师们的语录公案，都是唤起修行者内在佛性的声音，真正的意义都不在语词的表面。当修行者听懂了弦外之音时，就离悟道不远了。

那位问道的提刑官没有明白，在一旁听着的克勤却心里一动。客人走后，克勤问法演禅师："您所说的小艳诗，提刑明白了吗？"法演禅师道："他只认得声。"克勤又问道："诗里本来说'只要檀郎认得声'，他既认得声，为什么却不对？"这里克勤有个地方没想明白：那首诗里说"认得声"，意思其实是指认得言外之意，而法演批评陈提刑"只认得声"，意思是说他学佛只学到字面上的东西，两者不是一回事。但禅师是不能解释禅的，法演又换

明·闵齐伋 《西厢记》插页

了一个公案给他参悟："如何是祖师西来意？庭前柏树子聻[1]！"

禅家所谓"公案"，是把历代禅师启示修行者的言行作为范例，让人自己去思考。因为禅悟没有定规与程式，公案也是五花八门的。"庭前柏树子"是唐代禅宗大师赵州从谂（778—897）留下的特别著名的公案，说是有个僧人问他："如何是祖师西来意？"就是问菩提达摩传法的主旨是什么。赵州答云："庭前柏树子。"（《联灯会要》卷六）这是文不对题的话，大概是佛法就在当下就在眼前，祖师西来不西来无所谓的意思。

克勤禅师忽然有所悟，连忙走出丈室，到门外恰好看见一只鸡飞上栏杆，鼓翅而鸣。克勤自言自语道："此岂不是声？"这时他明白了法演举小艳诗说佛法的道理：鸡鸣也是"声"，它是没有言辞的；"只要檀郎认得声"也是"声"，它的意义不在言辞中；佛教经典也可以视为"声"，但真正的佛法不能从言辞去获得。

过了一会儿，克勤重入丈室，向法演禅师呈上一偈表明参悟所得。因为老师是用小艳诗来启发自己的，他这个偈子其实也是一首小艳诗：

> 金鸭香销锦绣帏，笙歌丛里醉扶归。
> 少年一段风流事，只许佳人独自知。

这首诗从字面去读堪称风流香艳。"金鸭"是放置熏香的镀金的鸭形器皿。用香熏后的锦绣罗帐一片温馨，它暗示一种销魂的氛围。"笙歌丛"通常指歌宴舞会，这一句是倒叙。歌宴上醉酒沉酣，已是神魂颠倒，此时"少年"与"佳人"再入罗帐，一番沉迷

---

[1] 聻读 nǐ，是一个语气词，相当于"呢"。

与缱绻,更是梦幻一般。醉中发生的事情归来细想,其中况味只有当事人心中晓然,非语言所能说,非他人所能知。克勤以此象征禅悟之境,是一种喜悦的内心印证。而法演禅师一听,就明白他已经彻悟,说道:"佛祖大事,非小根劣器所能造诣,吾助汝喜。"

还有一位楼子和尚,大概也是宋代人,生平事迹都不详。《禅林类聚》卷五记述,这位和尚某日在街市上走着,经过一座酒楼时,因为袜带松了,便停住脚,弯下腰整理一下袜带。这时听到酒楼上有个歌女在唱歌,唱到一句"你既无心我便休",他心中一震,忽然大悟,从此以"楼子"为自己的号。

因为禅宗主张"顿悟",开悟的情形往往像拨云见日,豁然开朗,后人读这类故事,或许会以为那是蛮轻松也很偶然的事情。但实际上,在顿悟出现之前,修行者大多要经过长时间的艰苦努力,挣脱"无明"(世俗知识和世俗欲念)的束缚,破除种种偏执,消弭物我两分的立场,甚至有可能在一种黑暗状态中挣扎到走投无路,从死到生,才忽然进入一个全新的生命境界。

楼子和尚的故事非常简单,只有瞬间,没有过程。但那句歌词"你既无心我便休"何以成为启发的机缘,还是可以体会的。那就是由女子对恋情的绝望,领悟到必须将在这世间的一切痴迷、一切纠缠都放下,不再思量,不再计较,不再解释,无所依恋,而最终达到透脱明澈。

楼子和尚的故事很有名,后来有好几位禅师用这个句子写成偈颂来表现禅机,我们在这里从《禅林类聚》中选录两首。慈受深的一首云:

> 唱歌楼上语风流,你既无心我也休。
> 打着奴奴心里事,平生恩爱冷啾啾。

宝峰明的一首云：

你既无心我亦休，此身无喜亦无忧。
饥来吃饭困来睡，花落从教逐水流。

慈受深是宋代禅师。宝峰明情况不详，但因为《禅林类聚》刊于元大德年间，所收为唐至南宋末禅林名僧的言行，他应该也是宋人。

西藏第六世达赖仓央嘉措是一个命运奇特，性情也奇特的人，他留下了几十首情歌，在藏区流传很广。后来译成汉语，喜欢的人也很多。这些情歌常常带着佛教的色彩，我们在这里选录一首，对上面谈论的话题可以做补充：

花开的时节已过，
松石蜂儿并未伤心；
同爱人的因缘尽时，
我也不必伤心。

佛家说随顺因缘。爱情恨意，生死流转，渺渺冥冥之中，不知是谁在何处埋下了最初的种子。而因缘也总有散去的那一天，佛家称为寂、灭。一定要强留住不能留的东西，想用一把枷锁把自己和所爱的人死死套住，又有什么用？徒然困住自己的心使它苍白枯死，不如让一切随风散去，"我也不必伤心"。

这种诗你可以当作情歌来读，也可以当作佛家哲理来理解。在后面一层意义上，它说的是缘已尽时还不能洒脱地放下，只会把一切都弄得很糟糕。爱有尽头，恨也有尽头。不能爱时便不爱，事已过去便不恨，不能死在爱与恨里，一切才有生机。

禅者用艳诗来谈禅入道，表面上看起来好像只是一种玄妙的机锋，其实也表现了对男女之情的关注。禅悟是对生命的彻底了悟，而男女之情是最深的人欲，它对于理解生命的本质是重要的。

可以说，学佛者遇到的最大自身障碍是对情的依恋，所以在早期佛经中就有不少关于情欲诱惑与反诱惑的故事。佛家好说"色即是空"，以为世间一切色法（物质性存在）的本性都是空无所有。本来"色"泛指一切具有形、色、相之物，并不专指女色、情色。但女色、情色实是对于人影响最大的事物，因此在狭义上"即色悟空"反而成为顿悟的捷径。明代文学家、画家徐渭写过一个剧作，名为《玉禅师翠乡一梦》，就是从这个角度来讲禅悟的故事。和前面说的事例联系起来思考，可以帮助我们从不同的视角去认识禅。

这个故事说南宋临安有位高僧名叫玉通，德行高尚，学养精深，但修佛数十年，还是未能修成正果。后来因为拒绝参拜新上任的府尹柳宣教，被柳府尹派来的妓女红莲引诱，把持不住自己，片刻之间破了色戒，气急而死。后来他投胎柳家为女，名柳翠，长大后沦落为娼，败坏柳家门风，将这作为报复的手段。有一天他的师兄月明和尚来见他，向他点明前世今生的因果，玉通也就是柳翠顿时彻悟，修成正果。

《玉禅师翠乡一梦》是一出含义丰富的剧作。它指出以禁欲的方式进行刻意的苦修，似乎也能有所成就，但终究有一关之隔，无法通透。而情欲和仇恨作为最强大的心理力量，一旦发作，即使像玉通那样的高僧清修数十载建立起来的一切也会被冲得七零八落，使他沦入可悲的轮回。

但反过来说，这种经历又有可能成为开悟的契机：它让人真正意识到在未曾达到超越的境地中，生命是何等被动和虚妄；它几乎是以一种惨烈的失败，召唤人摆脱世间欲望与怨毒的纠缠。

在这个剧作中，月明和尚有一段话颇耐人寻味："俺法门像什么？像荷叶上露水珠儿，又要沾着，又要不沾着；又像荷叶下淤泥藕节，又不要龌龊，又要些龌龊。"这是说"法门"的洁净不是与日常生活脱离，它仍然植根在生活之中。由此我们可以说，至少从徐渭这一类人的立场来看，禅并不意味禁欲，它只是追求对于欲的超脱。说到底就是：人既生活于情欲之中，又需要由情欲走向更高的心灵境界。

佛教喜欢用莲花做象征。我们常见释迦牟尼佛、观音菩萨的塑像，是坐在莲台上。在象征的意义上，这是表明法界真如，在世而不为世污，自性开发，不赖外力。而在徐渭的剧作里，那个诱使玉通禅师破了戒的妓女，名字就叫"红莲"，这样写也是内含禅机的。人们说莲花"出淤泥而不染"时，常常偏重在"不染"。其实淤泥也很重要，没有淤泥是长不出莲花的。

八　我今不是渠

影子是我，
但我并不是这个影子。

我们再来谈一首开悟诗，它的作者洞山良价（807—869），是曹洞宗的开创人。

在这里先乘便说一下禅宗所谓的"一花五叶"。禅宗五祖弘忍以后，分为南北两宗，北宗神秀、南宗慧能都号称"六祖"。但由于后来北宗禅衰落，神秀的"六祖"地位就不大被提起了。而慧能以后，也不再有公认的"七祖"。因为南宗禅自中唐以后风行天下，派系众多，已经无法推举出唯一的精神领袖，这样就有了"一花五叶"之说。一花指菩提达摩从印度传来的"如来禅"，"五叶"指慧能以后陆续形成的五大宗派：临济、沩仰、曹洞、云门、法眼。好在佛教是温和的宗教，禅宗各派系之间虽然学理和宗风有所不同，却没有激烈的冲突。不像其他宗教，一旦分裂为不同门派，就有生死存亡之争。

曹洞宗的名称以洞山良价和他的传法弟子曹山本寂二人的名号合成。不说"洞曹"而说"曹洞"，其实没有多大道理，只是从汉语发音来说，后者比较顺口而已。古代人物并称时，总是平声字在前，仄声字在后。禅宗的临济宗、曹洞宗后来传入日本，成为日本文化极其重要的组成部分。曹洞宗在近世尤为兴盛，号称有近千万信徒。

洞山良价是唐代会稽人，他在学佛的过程中参访过多位名师。最后按照沩山灵祐的指示去见云岩昙晟，问"无情说法"（无生命之物也能显示佛法之义）。辞归时，涉水过河，看到河中的影子，忽然间明白了那一公案的旨意，由此留下开悟诗（载《景德传灯录》卷十五）：

> 切忌从他觅，迢迢与我疏。
> 我今独自往，处处得逢渠。
> 渠今正是我，我今不是渠。
> 应须恁么会，方得契如如。

禅僧的开悟诗风格各异。像前面说到唐代无名比丘尼的《寻春》和宋代圆悟克勤的艳诗，都是用象征手法，形象性强，诗味比较浓郁。

洞山良价这首诗很朴素，直接阐述道理。作为诗来读难免有些生硬，但它的哲理性非常强，值得仔细体会。

开头两句是说：从心外去寻觅真知，寻求"开悟"的路径，结果总是越走越远，真我面目不可复得。这是佛教常说的基本道理。但作为禅宗来说，这种道理不能只是道理，需要一个切身的经验，一个特别的机缘，才能引起内心的震撼，忽然而悟。

关键是在后面。洞山禅师看到河面上倒映出自己的影子，意识到影子是我，但我并不是这个影子。因为这个影子完全是依附我而存在的，它处处跟随着我，你不能说它不是我。但影子终究是虚幻的，它随条件而变化，忽隐忽显，忽长忽短，不具有自身的真实性,所以你不能说我就是他("渠"就是"他")。

这后面还有更深的一层意思:我们平时当作"我"的那个东西,说到底也只是个影子,并不是真我。它也是依条件而存在,依条件而变化的。譬如一个人从小受人欺凌,长大以后总是对人猜疑怀恨。他以为这个正在猜疑怀恨的人就是"我",其实那不过是受人欺凌的经历的结果。又譬如有人生长于富贵之家,因而习惯受人赞扬。他以为受人赞扬是因为"我"天资非凡,其实那不过是富贵家庭势力的作用。

那么"真我"是什么呢?那就是未受外在条件影响的生命本真,是世界的佛性在"我"身上的体现。但是你却不能够把它单独地找出来,因为它并不以某种特殊的方式存在,它存在于随条件而变化的"我"之中。

南怀瑾先生也曾讲过洞山的这首诗。他的其他解说我不打算采用,但有一段讲佛性与心、相的关系,非常明白,值得重视。

他说:"佛性虽然存在于一切事物之中,但是并没有一个能够被直观地认识和把握的实体,因此我们必须借助于心、相之用,从心与相的关系和作用上,才能意会(悟)到它的存在……若无性体,即无以成其心、相,若无心、相,亦无以显出性体。

"性与相的关系可以用水做比喻。我们知道水以湿为根本属性,不管是清是浊,是固态、液态还是气态,是静止还是流动,它的形状和形态可以呈现出无穷无尽的变化,但是水的湿性却从来没有变过。若无湿性即无以成其波浪,若无波亦无法显出湿性。离开湿性就没有水可见,离开水也就没有湿性可得。我们可以说波即是水(渠今正是我),因为波是由水生出来的;但不能说水就一定是波(我今不是渠),因为波与冰、霜、雪、雾的外相各个不同,水如果是波就不应是冰,是冰就不能是霜。"

洞山正是由河水中的影子认识到"我"既非真我又是真我的道理，把握了佛法的真谛。但这和"无情说法"又有什么关系呢？无情之物当然不可能"说"法，但可以是悟的机缘。水中的影子是无情的，如果你能由此而悟，岂不等于影子在"说法"了吗？

"应须恁么会，方得契如如。"如此理会，才能摆脱平常有执着、有烦恼的身心，默契真如，这就是开悟了。

开悟有时被描绘成无所不知的状态，带有很大的神秘性。这或许也是可能的。但更多地，我们看到这只是智慧的开发和烦恼的摆脱。像洞山的这首诗，就像一篇短小精悍的"自我论"，在哲理上可以给人很好的启迪，但神秘的色彩却很少。

九　夜半钟声到客船

人生总是有很多艰辛，
除了对自己，没有人可以说。

寺院的景色、僧人的生活，这两者形成的一种氛围，是诗人表现禅趣的极好素材。而在这一类诗歌中，经常写到的两种意象，是水潭和钟声，它们似乎具有特殊的表现力。下面我们选几首著名的唐诗来读。

首先是常建的《题破山寺后禅院》：

> 清晨入古寺，初日照高林。
> 曲径通幽处，禅房花木深。
> 山光悦鸟性，潭影空人心。
> 万籁此俱寂，但余钟磬音。

常建是盛唐诗人。今天说起来，他的名气不是很大，但在盛唐，却是地位最显赫的诗人之一。殷璠编的《河岳英灵集》，是唐人选唐诗的代表，第一家就是常建，第八首就是此诗。

诗题中"破山"就是今江苏常熟的虞山北麓，破山寺本名兴福寺，始建于南齐，到常建赋诗之时，已有三百年左右的历史，可算

清·佚名 《平阳传灯寺图》

是一处古迹了。

开头两句是平稳的交代，点明游览的时间、地点，并简洁地描述了古寺的环境。这种写法让人感觉到亲切和随意，好像跟随着诗人自然而然进入了游览的行程。其实这两句并不是漫不经心的。"古寺"在这里既是一个具体的地点，又是诗歌中常用的意象。通常古寺给人的印象是庄严而肃穆的，一般诗人喜欢将它与黄昏的景象相配合。而常建选择"初日照高林"的画面，此时旭日初升，光芒灿烂，照耀山林，古寺掩映于林木之中，静谧而明丽，这是一种动人的景象；而表示时间意义的"古"和"初"也巧妙地结合在一起，饶有趣味。寺庙是古老的，佛法是永恒的，但这古老和永恒又生动地体现在每一个当下。

诗人"入古寺"，照例应该看到什么呢？山门、前殿、正殿、钟楼，以及这些建筑中的壁画、佛像，乃是寺庙中必有之物，但诗人一句也不曾提及。现在我们注意一下题目，原来诗人要写的不是"破山寺"，而是寺内的"后禅院"。

这里是有些讲究的。佛教在中国传播以后，变化很多，宗派林立。而其中特别中国化的，中国士大夫格外亲近的一支是禅宗。禅宗的特点是不重偶像崇拜，甚至不重经义，而把内心的自我解脱放在首要地位，尤其注重从日常生活、从大自然中获得启示，寻求顿然超悟的契机。常建的诗真正要写的是一种禅意，所以虽入古寺，却忽视寺庙的主体。

我们随着诗人的脚步，穿过竹林中曲折的小径，进入寺庙的后院，那里有僧人静修的禅房、层层花木环绕着的屋子。前面已经交代了这是一个阳光明媚的早晨，那些带露的花朵是如何鲜洁，可以想见。"曲径通幽处，禅房花木深"，好像是单纯的叙述，但我们应该知道诗歌不能够依赖叙述，它必须构造意境，并以此暗示更丰富和不确定的内涵，这样才能够唤起读者参与创造诗意的欲望。从蜿蜒曲折的竹林小径走到花木扶疏的后院禅房，景物有幽明的变化，这不仅描写出环境之幽静美妙，更写出禅院远离尘嚣、深藏不露的特点。这一行程本身，也可以理解为诗人发现内心、寻求精神归宿的过程。

"山光悦鸟性，潭影空人心"与前一联均是脍炙人口的名句，但写法不一样。这一联在写景中更直接和明确地融入了诗人的主观感受；或者说，这是一种充满哲理意味的写景，是"禅意"的浮现。山林景色优美，鸟儿自在啼鸣，这本是两种事物，但"山光悦鸟性"将两者联系起来，强调美好的自然使小鸟的天性得到满足，因而喜悦，包含了体悟和发现。人摆脱了喧嚣的世界，放下了日常的烦恼，沉浸在美好的自然之中，感受到万物自在，一种喜悦油然而生。这时候听到鸟的啼鸣，鸟好像也在向诗人诉说着它们的喜悦。在人与自然相融的情况下，自然就会以一种活泼的面貌对人展开。法国诗人兰波在一首题为《黎明》的小诗中这样写道：

> 我遇见的第一件好事，
> 在白晃晃的清新小径，
> 一朵花告诉我她的姓名。

这是一种非常相近的感受：只有热爱自然的人，才能为自然所爱，他们和自然之间有着神秘的语言。

"潭影"又怎么能够"空人心"呢？从最简单的层面来理解，山中的水潭是清澈而平静的，它使人的心理上产生一种"内模仿"的活动，渐渐趋于平静。而在更深一层的意义上，它是佛学所讲的"寂照"之理的象征性表达。《大乘无生方便门》说："寂照，照寂。寂照者，因性起相；照寂者，摄相归性。"我们略微解释一下：在佛学的理解中，真理之本体为空寂，同时它也是一种智慧，具有观照万物的作用。但是就像水，如果水是污浊而又混乱的，它就不可能反映出外界的本相；人心也是如此，如果心中充满烦恼、欲望，动荡不宁，它也不可能洞见事物的本来面目。同时，"寂照"也就是"照寂"，就是用寂然的心照见万物寂然的本质。世间诸相似为实有而终归虚幻，就像潭水中浮动着的云光山影，那是一种虚幻的美景。

用水潭倒影比喻"寂照"，在诗中很常见。像香严智闲禅师的《寂照颂》："不动如如万事休，澄潭彻底未曾流。"独孤及的《题玉潭》："唯当寂照心，可并窨[1]沦色。"不过常建没有直接把这个佛学概念写进诗中，这对保持诗歌的趣味是很重要的。说出来，说理变成了重心，反而没有什么味道。

结束是一片钟声："万籁此俱寂，但余钟磬音。"前面还说到鸟鸣，怎么这时一切声响都消失了呢？这主要是心理上的感受：当内心沉入寂静状态时，感觉周围的一切都变得格外安静。此时寺庙中响起钟磬之声，它悠然远扬，散播到整个世界。虽然同时说到钟和磬，但起主要作用的是钟声。寺庙的钟声低沉、浑厚、平缓，可以扩散到很远。它是一种"动"，却并不破坏"静"；它使人从沉寂中醒悟过来，对万物保持新鲜的感觉；它缓缓扩散，似乎可以包含整个世界，使之成为一体。钟声在言说什么呢？似乎什么也没有说，它只是一种声音，不是意义的符号，但似乎它又说出了一切。

下面读一首刘长卿的《送灵澈上人》：

---

[1] 窨读yūn，水很深广的样子。——编者注

北宋·李成 《晴峦萧寺图》

> 苍苍竹林寺，杳杳钟声晚。
> 荷笠带夕阳，青山独归远。

刘长卿是从盛唐进入中唐的诗人，经历了安史之乱。有一段时期他生活在今江浙一带，喜欢佛教，喜与僧人交游。这首诗所说的"灵澈上人"就是一位诗僧，是作者的朋友。另一位诗人权德舆写的《送灵澈上人庐山回归沃洲序》中谈到灵澈的为人，说他"心冥空无"，常"深入空寂，万虑洗然"。大致是说，灵澈是一位超脱世俗的高人。

这首五绝写诗人与灵澈告别，目送他回归竹林寺（在今江苏镇江）的情形。诗中几乎没有对背景的交代，直接以一幅单纯的画面来呈现。因为刘长卿写这首诗并不只是为了泛泛表述一种惜别之情，而是要描绘出灵澈的精神气质，同时也借以表现自己内心对某种精神境界的向往。诗中的画面既是以灵澈为描绘对象，也可以说是诗人心灵的外化。

我们说到"画面"，当然只是一种借用的说法，因为诗与画终究不同：从诗中场景经常处于变化过程、经常加入非视觉因素的特点来看，诗的所谓"画面"又近似电影的镜头。第一句"苍苍竹林寺"，远处出现一座寺庙。这里"竹林"既是寺庙的名称，又是指围绕着寺庙的竹林本身。"苍苍"则是林木因光线暗、距离远而呈现的青黑色。既而"杳杳钟声晚"，在点明时间的同时，用声音和画面配合，共同营造出特定的气氛。"杳杳"是描写从远处传来的虚渺的声音。如果单纯从解说诗题的意义来理解，这两句说明了"送灵澈上人"发生的时间、灵澈要去的地点。但如果诗歌中的句子只起到记述生活中发生的事件的作用，那是失败的，因为不用诗的形式，普通文句也可以起到这种作用。值得体味的是这两句诗所描绘的场景具有什么样的气氛。

黄昏,远处被苍苍竹林所掩映着的寺庙,弥漫于空中的虚渺的钟声,把佛教信仰者所追求的深沉和静谧的精神气息传送到读者心中。

常建写破山寺的钟声是在清晨,这里出现的竹林寺的钟声是在黄昏。黄昏时分的钟声会让苍茫的自然变得更为幽邃,随着这样的钟声,心灵好像进入了表象之后的世界。

仍然借电影镜头做譬喻,第三句"荷笠带夕阳",像是镜头由远景和全景收拢来,转为近景,在画面的中心位置突出表现主人公的形象,而原先所描绘的场景此时成为陪衬。值得注意的是,夕阳照耀着灵澈上人所背负的斗笠这一景象,不仅生动地描摹出僧人的背影,确定了"镜头"与对象的视角关系,同时也使主人公的背影成为画面上最亮的一部分。总之,这看似简单的一句,视觉效果非常强烈。而连着的结束一句"青山独归远",使前面所描摹的背影呈现为动态——我们似乎看见这位背负斗笠的僧人在夕阳的照耀下,向着远处的青山和青山下的古寺走去。而在另一层意义上,也可以说他正在向一个幽邃世界的深处走去。因为正如前面所说的,诗中这位僧人既是一个具体的生活事件中的人物,也是作者想象中高洁和幽独的人生精神的象征。

唐诗中写寺庙钟声的作品,张继的《枫桥夜泊》更为人们熟知:

> 月落乌啼霜满天,江枫渔火对愁眠。
> 姑苏城外寒山寺,夜半钟声到客船。

有关张继生平的资料很少,大概可以知道他是天宝十二年(753)的进士,担任过一些中级官职。张继生活的年代与刘长卿

当代·傅抱石 《月落乌啼霜满天图》

差不多，两人是好朋友，刘长卿曾写诗悼念他。从他留下的诗作来看，他曾在江浙一带游历，这首诗应该就是游历过程中的作品。台湾作家张晓风有篇散文《不朽的失眠》，说这首诗是张继科举落第还乡途中所作，那是没有什么根据的揣测。不过，唐代士人离乡漫游，常常有很多实际利益的考虑，并不是单纯的游山玩水，容易感到身心疲惫。张晓风那样揣测，跟诗歌的情绪倒也有合得上的地方。

诗开头描绘出一幅凄寒的深秋景象。"月落"表明夜已深，同时也让人联想到这位游子孤独地坐在船中凝视着月亮已经很久了。古诗中经常用月亮表达思乡的情绪，就像李白的名句："举头望明月，低头思故乡。"那么张继此刻是否也在怀念家乡的山川或者亲人？"乌啼"在夜晚是一种不安的声音。那些鸟儿被什么惊动了？是什么让它们不能安然地栖息？这种不安传递到诗人心中，孤独的情绪进一步强化了。"霜满天"写出漫天寒意向人侵逼。本来霜是水汽在低温条件下，在地面凝华而成的结晶，不可能出现在空中。但诗人将空中的寒气和地面的白霜看成是一体之物，感觉中霜似乎先是飘漾在空中，而后缓缓降落到地面的。一句诗，三种意象，好像是平列地展现出来。其实，三者不仅有密切关联，从视觉、听觉、触觉上相互配合，而且在情绪上有越来越加强的压力。诗人没有写他的客愁和孤独，只是通过景物就很好地体现和传达出情绪。

首句描绘的景色是从大范围入手的；第二句变换一下视角，用近景，也是用和"夜泊"关系更直接的风物与之配合：江边的枫树和水面上渔船的灯火。夜晚，枫树的色彩可能不容易显现出来，但对诗来说，它可以提供红叶斑斓的联想；而夜晚跳跃着的渔火，更给人以温暖的感觉。这里的两种意象，不仅增加了诗境的层次，也调和了画面的色调，诗人不愿意让那种凄寒和不安的气氛笼罩一切。而在静态的景色完成之后，抒情主人公出现在画面的中心，他

"对愁眠"。当然，这里的"眠"只是一个想要入睡的动作，他其实长夜无眠。

这时有钟声响起："姑苏城外寒山寺，夜半钟声到客船。"宋朝欧阳修曾经对这两句诗提出怀疑，说是"句则佳矣，其如三更不是打钟时"（《六一诗话》），他认为寺庙没有在夜半敲钟的道理。后来有很多人根据文献记载反驳了他，南宋叶梦得更直接地说，"盖公未尝至吴中，今吴中山寺，实以夜半打钟"（《石林诗话》），证明吴中一带的寺庙一直有夜半敲钟的习俗。

深夜里声音格外清晰，会传得很远，这首先是因为背景杂音小。还有人进一步从声学原理上去解释，在地面气温偏低的情况下，声波会更多地向地面折射。所以张继写"夜半钟声到客船"，是符合科学道理的，这也表明他听到声音的一刻，感受很强烈。

张继到底是在哪一年，为什么在一个夜晚泊舟在苏州城外的江面上呢？或许，他是为了自己的前程离开家乡在世道上奔波。人生总是有很多艰辛，除了对自己，没有人可以说。一千二百多年前的这个夜晚，张继长夜无眠。世界是美好的，江南水乡的秋夜格外清幽，作为诗人，张继能够体会它。但世界也是难以理解的，你无法知道究竟是什么东西催逼着人不由自主地奔走不息，孤独地漂泊。这时候钟声响了，清晰地撞击着人的内心。深夜里，张继听到一种呼唤，他找到近乎完美的语言形式把这个夜晚感受到的一切保存下来。寒山寺的夜钟，从那一刻到永远，被无数人在心中体味。

我们说了钟，清晨的，黄昏的，深夜的，你听到那个声音了吗？

十　禅意的月亮

月亮只有一轮，却普遍地在一切水中显现出来，
一切水中的月亮乃是一月的显现。

月亮也是经常被用来表现禅理和禅趣的景物。

本来月亮就跟诗歌特别有缘。它光色莹洁，朦胧若虚，非常容易引发人的美感和想象。《诗经》中有一篇《月出》，描写一位体态袅娜的女子在月色下缓缓走动，是简单而优美的诗篇，因为它的各章基本上是重复的，我们在这里只引它的第一章：

> 月出皎兮，佼人僚兮，
> 舒窈纠兮，劳心悄兮。

郭沫若把这首诗改成了白话诗：

> 皎皎的一轮月光，
> 照着位娇好的女郎。
> 照着她夭袅的行姿，
> 照着她悄悄的幽思。
> 她在那白杨树下徐行，

她在低着头儿想甚?

当禅者将月亮写入诗中时,一方面继承了诗歌本身的传统,以此表现天地自然的美好;另一方面也融入禅家的哲理,使月色具有更丰富的意蕴。

最直接的表达方式,是借莹洁澄明的月轮,象征禅者的心性。五代名僧贯休法号"禅月",他的诗集名《禅月集》,就是取意于此。唐代有一位擅长写白话诗、喜欢用通俗的语言宣扬佛家道理的诗僧寒山,据说苏州的寒山寺就是因为他曾在这里修行而得名的。他写过一首《秋月》,也是以月喻心:

吾心似秋月,碧潭清皎洁。
无物堪比伦,教我如何说?

诗人想要说"吾心",但禅心的境界却无法言说,只能说它像秋天的月亮映在皎洁的水潭,清澄而静谧,一尘不染。我们想象这个图景时,也可以从另一个角度去体会:月轮高悬秋空,像一个既亲切又神秘的媒介,将人心从凡俗生活的喧闹、焦躁中引导出来,带向宏阔幽深的宇宙。

月亮也被用来象征佛性和佛家的真理。《楞严经》卷二有这样一节:"如人以手,指月示人,彼人因指,当应看月。若复观指,以为月体,此人岂唯亡失月轮,亦亡其指。"意思是说:有人用手指指着月亮让你看,你应该看月亮而不是看手指,否则不仅没有看到月亮,连手指也没有看明白。这里用"指"譬喻讲解佛法的文字,以月譬喻佛法,强调不可执着于文字、名相。禅宗有一部重要的文献,书名就叫《指月录》。

清 · 董邦达 《平湖秋月图》

月光普照大地："滟滟随波千万里，何处春江无月明！"（《春江花月夜》）由此，禅家又用天上一轮月、水上无穷影的现象，阐明"以一摄多"的关系。也就是说，世间万物万象，千变万化，但本质和根源只有一个；人心各不相同，求法和证悟的过程也是千变万化，但佛性只是一体。

被尊称为"永嘉大师"的唐代禅僧玄觉有一首《证道歌》，其中写道：

一月普现一切水，一切水月一月摄。
诸佛法身入我性，我性同共如来合。

月亮只有一轮，却普遍地在一切水中显现出来，一切水中的月亮乃是一月的显现。从这里可以体会法身就是自性，众生自性与佛性实为同一体性。前面我们说过"佛祖拈花，迦叶微笑"，两心相印的故事。这种印证的达成，就是因为佛性与自性是同一的。因此，一切禅修者的证悟，也是与佛陀的默契。而佛性既是永恒的存在，时间对于它不造成任何差别，禅修者也就可以感受佛祖此刻正向他拈花示法，而各自从心中发出会意的微笑。

相信人类自身具有超越性，因而能够从俗世中获得解脱而达到崇高境界，这是人类根本的信仰，它可以用各种形式来表达。美国伟大的心理学家马斯洛（1908—1970）在后期著作《人性能达到的境界》（*The Farther Reaches of Human Nature*）中提出，所谓的"神性"是从人的角度来说的，"超越也意味着超越世人，变成神圣的或者神一样的人。但在这里必须小心，不要把这种说法理解为有任何超出人类之外或在自然之上的东西。我想用'超越性的人'（meta human）或者'存在人'（being-human）一词来表示，这种变得非常高、神圣或者神一样的能力是人的本性的一部分，尽管在现实中往往很难得见"。

这种关于"人的神性"的论述，跟佛学所说的"佛性"在根底上有相通之处。所谓"神"，在很大程度上其实是人类对自身神性的一种信仰，人把它转化为神。佛性也是这种人类信仰的一种表达，相信人具有佛性等于说人具有一种神性。

因此，从更广大的范围来看，对人类固有的超越性的追求，在不同的文化中形成不同的形态，也可说是"一月普现一切水"吧。

禅意的月亮无所不在，你看不到它是因为心被杂乱而虚幻的念头遮蔽了。我们且看中唐诗人于良史的《春山夜月》是怎样写的：

> 春山多胜事，赏玩夜忘归。
> 掬水月在手，弄花香满衣。
> 兴来无远近，欲去惜芳菲。
> 南望鸣钟处，楼台深翠微。

春天的山中随处都有美丽的景物，以至于流连忘返，直到夜色降临。若是迷恋世俗荣利之人，总有操心不完的俗务，也就不可能为这不紧要的事情耗费那么多的时间了。自然的美好，只对那些热爱自然、童心未泯的人存在。

"掬水月在手，弄花香满衣"是这首诗中的佳联，而前一句尤其动人。开始诗人也许是因为看见泉水清澄明澈照见月影，于是情不自禁地从水中小心地将它捧起，"一月普现一切水"，月亮就在手中了。月轮在天，本来很遥远；捧月在手，它现在变得很亲近。这是禅意之月。如果说禅月具有神性召唤的意义，它建立了我们同宇宙生命、天地智慧的联系，那么"掬水月在手"也就象征着人和他所追求的事物之间的一种亲密的关系。而"弄花香满衣",写山花馥郁之气染上衣襟,走到哪里都带着大自然迷人的气息,同样生动地展现出人和自然融为一体的愉悦。

随兴而游,忘记了路的远近;夜色渐浓,应须归去,却还是恋恋不舍。这时听到远处传来悠扬的钟声,放眼望去,远处寺院的楼台掩映在青翠的山色之中。从诗境来说,这是以声音引出画面,由近处向远处展开;从心境来说,寺院的晚钟引导着一种向往,引导着精神世界的扩展。

此刻,我们似乎看见诗人伫立遥望,若有所思。他和近处的山泉野花、远处的楼台晚钟,笼罩在月的清辉之下,组成了一幅画面。

王维有一首《山居秋暝》,是写月下的秋山:

空山新雨后,天气晚来秋。
明月松间照,清泉石上流。
竹喧归浣女,莲动下渔舟。
随意春芳歇,王孙自可留。

王维喜欢写"空山"。不是说山中无人,只是说它安静。这"安静"又是双重意义上的:山中固然人口少,不似城市中喧哗,同时这里没有那么多令人紧张的利害之争、钩心斗角,人们的生活方式和情绪也相对闲散,这也是一种"静"。同时,空山的"空"也隐约暗示着禅宗所说的空寂、虚无。

静谧的山居环境、凉爽的秋日天气、黄昏时分的安宁、新雨过后的清新,各种因素恰到好处地聚合在一起,令人心旷神怡——这是开头两句所呈现的意境。其实,在人间,在大自然中,原本并不缺乏美好的时刻,只是生活匆忙,人们无暇注意罢了。

"明月松间照，清泉石上流"，从首联广大的空间转换到更细致的景物描写。雨后的天空格外明朗，雨后的松林格外青翠，雨后山泉丰沛，淙淙作响，流淌在洁净的磐石上。此时皓月当空，洒下一片清辉，透过松林，照耀山泉。如果没有月光，松林将是幽暗的，山泉将是模糊的，而在沐浴月华的时刻，山中的世界呈现为一片明亮空灵。你可以看见树影斑驳，轻轻摇曳，水光闪烁，澄虚剔透。

单纯作为景物描写，这也是足够优秀了。但诗中的自然从来不是纯客观的，它是诗人在自然中摄取必要的元素重新建构的结果，它包含山水固有的美，又体现诗人的心境。贾平凹有一篇《明月清泉自在怀》，谈他读王维这首诗的心得，其中有一段很合我的心意，抄在这里，我就不说了："苦也罢，乐也罢；得也罢，失也罢——要紧的是心间的一泓清泉里不能没有月辉。哲学家培根说过：'历史使人明智，诗歌使人灵秀。'顶上的松月、足下的流泉，以及座下的磐石，何曾因宠辱得失而抛却自在？又何曾因风霜雨雪而易移萎缩？它们自我踏实，不变心性，才有了千年的阅历、万年的长久，也才有了诗人的神韵和学者的品性。"

前面说到，空山的"空"也隐约暗示禅宗所说的空寂、虚无。这很容易误解为禅宗所说的空寂、虚无是枯死而没有生气的，其实完全不是如此。特别是对王维这样的诗人来说，禅是充满生机的东西。甚至可以说，在禅的境界里，由于摆脱了种种蒙蔽，生活才显得格外意趣盎然。这首诗接下来由写景转为写人，也就是从自然之美转向生活之美。

"竹喧归浣女"，是说去水边洗衣物的女人们回家了。不见其人，却能听到她们穿过竹林时拨动竹枝的声音，还有她们的欢声笑语。"莲动下渔舟"，是说打鱼的男人们也回家了。也是不见其人，却能听到渔舟穿过荷田时荷叶晃动的声音，同样也有他们快乐的嬉笑。山村里的人生活简单，日出而作，日落而息，所得无多，好在所求也有限，所以朴素之中保持着开朗的性格。王维出身名门望族，见过繁华奢靡，也见过仕途中诡谲的计谋。这时候，他觉得那些劳作的男人和女人的生活才是最好的。

所以终了说："随意春芳歇，王孙自可留。"虽然春天不经意间就过去了，却仍然值得留在这山中。欲望永无止境，迷乱也随之增加。甘于平淡，耐得寂寞，才能保持内心的纯明，就像那月下的松林与山泉。

十一　平常心是道

世俗的知识和欲念就像一件湿衣服一样，
紧紧裹在我们身上，脱不下来。

禅宗的公案中，最常被提起的一句话是"平常心是道"。这话头极为简单朴素，同时又特别能够体现中国禅的精神气质。

宋代禅僧无门慧开所撰《禅宗无门关》，收录了历史上一些著名的公案。

据这本书记载，"平常心是道"为南泉普愿接化赵州从谂之语句。赵州问南泉："如何是道？"南泉云："平常心是道。"赵州请他解说，南泉说："拟向即乖！"意思是，"平常心是道"是简单而直接的感悟，不是什么复杂的义理，一旦解说，就背离本意了。

南泉普愿是马祖道一的弟子，也就是慧能的第三代传人。而依照《景德传灯录》的记载，这句话马祖道一早已说过："若欲直会其道，平常心是道。何谓平常心？无造作，无是非，无取舍，无断常[1]，无凡无圣。经云：非凡夫行，非贤圣行，是菩萨行。只如今行住坐卧，应机接物，尽是道。"

马祖道一的另一名高足大珠慧海曾经在这一点上也有过发挥。

---

[1] 断见和常见，也就是不永恒之见和永恒之见。——编者注

《五灯会元》记载，有一位有源律师[1]问大珠禅师："和尚修道，还用功否？"大珠禅师说："用功。"又问："如何用功？"大珠禅师说："饥来吃饭，困来即眠。"问："一切人总如是，同师用功否？"大珠禅师说："不同。他吃饭时不肯吃饭，百种须索；睡时不肯睡，千般计较。所以不同也。"

再要追溯上去，还可以归源于六祖慧能的《六祖坛经》："佛法在世间，不离世间觉；离世觅菩提，恰如求兔角。"这意思是说：佛法就在世间日常生活之中，试图脱离世间日常生活追求"觉悟"，犹如在兔子头上找角，永远不会有结果。

在这里稍稍多引了几条资料，想说明"平常心是道"体现了南宗禅的一种重要特色。由此引出一个根本性的问题：修习禅到底要达到什么样的目标？从宗教意义上说，禅宗和其他佛教宗派一样，最终目标是"成佛"——超越生死和轮回，达到涅槃境界。但禅者在强调"平常心是道"的时候，所谓"见性成佛"，显得很少有神秘意味，它更多地指向精神的解脱和超越，表现为一种轻松愉悦、自适自足的生活态度和生活方式。

这样来看"平常心"，说简单其实也很简单，就是远离颠倒梦想，不因世间的荣辱得失而妄生喜忧；就是处变不惊，遇事泰然自若、无所畏惧；就是万事随缘，不勉强不焦躁，平平淡淡；就是宽容大度，不苛刻，不张狂；就是不避艰辛，踏实劳作，一分耕耘一分收获……

但"平常心"又不是容易做到的。就像大珠慧海所说，"饥来吃饭"原本很简单，可是世人喜欢"百种须索"，用无穷的心思来满足口腹之欲，使生命变得轻浮；"困来即眠"也很简单，但世人

---

[1] 僧人中以持律见长的称为律师。

该睡觉时辗转反侧，计较不休，使生命变得焦躁。在说"平常心是道"时，包含了一种返归生命本真、返归朴素与单纯的意味。

无门慧开的《禅宗无门关》在每则公案后面附有诗，关于"平常心是道"的一首诗是这样的：

春有百花秋有月，夏有凉风冬有雪。
若无闲事挂心头，便是人间好时节。

这首诗旨意非常浅，不过是说一年四季风光各异，只要心境恬淡，便觉人间处处都好。但读上几遍，又觉得它意味深长。

"你好吗"，朋友见面，都这么问一句；"好的，好的"，一般都这么回答。可是自己问自己，更多的时候容易觉得"不好"。身体不好，总是哪儿有点不舒服，牙疼也足以让人心烦；工资涨了，可是别人涨得更多；身边的同事、朋友，关系都不错的，但他们的心事不好猜；就说天气吧，春天风沙大，夏天闷热，冬天伸不开手……如果我们不知道什么是"事之自然"，不能够以淡然的心情去面对一切，欣赏事物的趣味，那真的容易觉得"不好"，看不到处处都在的"人间好时节"。

有个词叫"心魔"，它导致我们和世界的关系混乱。《庄子·达生》有一段说赌博的心理：一个人用瓦器做赌注，他的技巧会十分高超；如果用带钩[1]去做赌注，他心里就会有疑惧，动作就变形了，技巧就会降低；而用黄金做赌注的人很容易头脑发昏，心烦意乱。如果把赌博视为智力游戏，赌注越贵重顾虑就越多，心智受到破坏的程度就越严重，这就是心魔的骚扰。

---

[1] 古时带钩多有贵重的装饰，是比较值钱的东西。

日本围棋史上的一个故事犹如对《庄子》寓言的注释。林海峰二十三岁时在名人战中挑战坂田荣男，首局败北，这使他失去了自信。在向老师吴清源请教时，吴清源题写了一幅"平常心"的题字送给他，告诉他："你现在最需要的是要有一颗平常心。老天对你已经很宽厚了，二十三岁就挑战名人，这已经是多少人梦寐以求也达不到的成就了，你还有什么放不开的呢？"林海峰由此大悟，随后连胜三局，坂田扳回一局后，林海峰再胜一局，挑战成功，成为日本史上最年轻的棋坛名人。

　　同样说"平常心是道"，无门慧开的诗朴素简单，而宋初灵澄禅师的一首诗层次要丰富一些，可以比较着来欣赏。

因僧问我西来意，我话居山七八年。
草履只栽三个耳，麻衣曾补两番肩。
东庵每见西庵雪，下涧长流上涧泉。
半夜白云消散后，一轮明月到床前。

　　"如何是祖师西来意"，是禅宗一大公案。禅宗祖师菩提达摩为什么来到中土？换句话说，禅宗的根本宗旨是什么？这是初习禅者想要知道的问题。如果禅师正面回答这个问题，为之详加解析，就意味着禅是有"原理"的，是可以用逻辑解说的。但禅中国化以后，强调它超越语言，不承认有所谓"原理"，所以禅师的回答真是五花八门。稍举例来说，赵州从谂的回答是"庭前柏树子"；南台勤的回答是"一寸龟毛重七斤"；径山道钦的回答是"待吾灭后，即向汝说"；石霜庆诸不作答，"乃咬齿示之"。总之是让人摸不着头脑，但这些奇怪的回答其实都有一个共同的答案——那是各人自己的事情！

灵澄此诗也是从"因僧问我西来意"发端，下面通过回答这个问题，展开自己对禅旨的理解。但这不是哲理的解析，而是对日常生活的描述，也就是说"平常心是道"。

什么是"西来意"呢？"我话居山七八年"，我就知道自己在山里住了七八年，别的说不上来。山里的日子很简单，脚穿草鞋，身着麻衣。"耳"是草鞋上穿绳子的地方，"草履只裁三个耳"，意思是说草鞋没什么可讲究的，有三个耳就行。鞋子也有绣花嵌宝的，抬起脚来光彩耀眼，那真是必要的吗？老想着那双鞋子，人就变成鞋子了，变成鞋子很好吗？"麻衣曾补两番肩"，麻衣破在肩上，三番两次地补，表明和尚过着劳作的生活。对于喜好享乐的人来说，这样的日子未免太清苦，但对于禅者而言，"运水搬柴，无非是道"。锦衣玉食，常人所求。倒也不是说锦衣玉食本身有什么不好，只是它总是用来表达人的贪欲和虚荣，使人脱离生命的本根，诚不如粗茶淡饭更宜于求道之人。

山涧流水，岭头飘雪，也是山居生活的寻常景象。身在东庵，看见西庵的雪，心里知道东庵也笼罩在雪中。雪的世界是一体，"东"与"西"是由人而生的差别；偶尔漫步山中，看见下涧流水，知道这就是上涧之泉。水本是一体，"上"与"下"也是由人而生的差别。

这是平淡的话，却并不是浅薄的话，很有可以体味之处。

世间万物是有差别的吗？其实种种差别，都是由人而生的。你往一条长桌的中间一站，两边分出了"左"和"右"，等你离开了，桌子是一体，哪有什么"左"和"右"？我们习惯于把中国说成是"东方国家"，有一首歌唱的是"古老的东方有一条龙，它的名字就叫中国"。但通行的地理概念中所谓远东、中东、近东，原本是站在欧洲立场所说的话。若是站在中国立场说，"遥远的东方"是美国西海岸。地球是个球体,哪有什么固定不变的东南西北!人间的事情也是如此。站在对立的立场上,甲有甲的是非,乙有乙的是非,"彼亦一是非,此亦一是非"(语出《庄子》),等到对立消失,是非亦随着消失。人若过分地执着于自我,永远也不能理解他人的立场,永远只有自己道理十足,不合自己的道理就必然错。这样,也许自己会觉得满足,可是哪里还能看到事物的本相呢?贪、嗔、痴,无非由此而起。

那么,世间万物没有差别吗?明明是方圆不同、黑白分明,世界上都没有两片相同的叶子。况且,不立名相,无从区别也无从选择。没有东、南、西、北之分,你在大街上乱走一气,真的要"找不到北"了!没有善恶之别,人人想干什么就干什么,世界岂不乱了套?关键只是在于要明白差别的成因,懂得名相的依据,摆脱偏执的立场。所谓万象各异,真如一体。

马祖道一说:"何谓平常心?无造作,无是非,无取舍,无断常,无凡无圣。""平常心"这东西,说简单也很简单,无非是从事物本来的样态来看事物。但这又并不是很容易做到的,用铃木大拙的话来说,"无明"——世俗的知识和欲念就像一件湿衣服一样,紧紧裹在我们身上,脱不下来。

"半夜白云消散后,一轮明月到床前",诗在这里结束。白云是遮蔽,有遮蔽则月不见明。去妄降惑,自性显现,就像云消月出,景象澄明。这时候,得道的人是平静的,在平静中感受到生命的愉悦。

十二　吃茶去

世事无常，都在变化之中，
该来的总要来，该走的总要走。

河北赵县古称赵州，这里有一座柏林禅寺，在唐代叫作"观音院"。禅宗史上一位特别受人尊崇的大师赵州从谂曾在这里驻锡，他活到了一百二十岁，是个真正的老和尚，人们管他叫"古佛"。赵州在南泉普愿门下，由"平常心是道"这样一句很平常的话开悟，这也成为他传法的要旨。

　　《五灯会元》中记载了一则非常有名的故事。有两位僧人到赵州这里来习禅，赵州问其中的一个："你以前来过吗？"那个人回答："我曾经来过。"赵州跟他说："吃茶去！"然后转向另一个僧人，问："你来过吗？"这个僧人说："没有来过。"赵州又说："吃茶去！"这时，引领那两位僧人来参见赵州的监院好奇地问："禅师，怎么来过的你让他吃茶去，未曾来过的你也让他吃茶去呢？"赵州便唤了监院的名字，监院答应了一声，赵州还是一句老话："吃茶去！"

　　"吃茶去"成了禅宗最有名的公案之一，这里面有什么神秘的东西吗？其实没有什么神秘之处：曾经来过的僧人去而复归，内心大概有不少疑惑，也许他要向大师解释自己为什么离去，为什么又回来，赵州却不认为说这些有什么意义，所以让他"吃茶去"；初到的僧人第一次见到大师，会认为这是奇特的机遇，总觉得会有什么惊人的事情发生，这种念头同样毫无意义，赵州也吩咐他"吃茶去"。监院跟随在赵州身边应该有些日子了吧，可是他并不真正懂得老和尚。他或许认为大师无论说什么都是语藏机锋的。可是赵州既然问两位僧人以前来过没有，而两人的情况确实又是不同的，他为什么一律吩咐"吃茶去"呢？其中有什么玄妙之处？监院想得太复杂了，赵州还是让他"吃茶去"。

中国人饮茶的历史很久远，但形成普遍的风气，成为日常习俗，是从中唐开始的，距赵州所处的时代不远。这位老和尚生活朴素清贫，经常是"裩无腰，袴无口，头上青灰三五斗"，饮茶可以算是他仅有的喜好。

茶和酒不一样，酒让人兴奋，茶让人平静。茶味清香甘甜，略带苦涩，蕴含着大自然的气息。只有在平心静气的情形下，才能充分品尝茶的妙处；也正是在品尝绵长的茶味时，人心渐渐淡定起来。习禅先要"吃茶去"，就是首先要让人生种种繁杂的念头消歇，使内心渐渐清澈澄明。

我们也吃茶吧。

也许，你正在得意之中，发了财，升了官，或者成了名，被人簇拥，受人追捧，得意非凡，情不自禁地想要手舞足蹈起来。这时候，"吃茶去"吧！

也许，你正在沮丧之中，投资失败，事业受阻，遭人白眼，被人嘲笑，于是心灰意懒，了无生趣。这时候，"吃茶去"吧！

也许，你对什么人深感愤恨，想起他的蛮横无理，不由得浑身打战，却又无可奈何，左也不是，右也不是，头脑发涨。这时候，"吃茶去"吧！

碧山深处绝纤埃，面面轩窗对水开。谷雨乍过茶事好，鼎汤初沸有朋来。

嘉靖辛卯山中茶事方盛，陆子传过访遂汲泉煮而品之真一段佳话也。徵明制。

明·文徵明 《品茶图》

世事无常，一切都在变化之中，该来的总要来，该走的总要走。"平常心是道"，对心情淡定的人来说，天下没有什么大不了的事情，也没有什么了不起的道理。赵朴初的诗说得好："七碗受至味，一壶得真趣。空持百千偈，不如吃茶去。"

可是赵州茶虽好，会吃的人却不多。过了几百年，北宋禅师黄龙慧南还在《赵州吃茶》中感叹：

相逢相问知来历，不拣亲疏便与茶。
翻忆憧憧往来者，忙忙谁辨满瓯花？

这首诗收于《黄龙慧南禅师语录》。前两句略述赵州和尚请人喝茶的故事，后两句说世上的人来往匆匆，忙忙碌碌，无穷的念头，说不尽的废话，他们没工夫喝茶。

北宋大文豪苏轼喜禅，也爱茶。他被贬谪黄州时，生活困顿，一位朋友为他从官府要来一片荒地。他亲自耕种，以解匮乏。这块地称作"东坡"，苏轼的别号就是由此而来——从此，"东坡"两字，熠熠生辉。苏东坡在东坡上种了茶树，有《问大冶长老乞桃花茶栽东坡》记其事。我们知道苏轼曾借用美女形容西湖："欲把西湖比西子，淡妆浓抹总相宜。"他也曾将茶比作"佳人"，诗云："要知冰雪心肠好，不是膏油首面新。戏作小诗君勿笑，从来佳茗似佳人。"（《次韵曹辅寄壑源试焙新茶》）好茶是朴素的，天然风韵，就像真正的美女，不需要涂脂抹粉。

苏轼的名词《定风波》并没有说茶。但如果说"吃茶去"的公案意在淡定，那么这首词在表现淡定的人生态度上，是一个非常好的例子：

莫听穿林打叶声，何妨吟啸且徐行。竹杖芒鞋轻胜马，谁怕？一蓑烟雨任平生。

料峭春风吹酒醒，微冷，山头斜照却相迎。回首向来萧瑟处，归去，也无风雨也无晴。

这首词作于苏轼因"乌台诗案"被贬黄州的第三年。

在这以前，他经历了一系列的政治风波，曾经被捕下狱，受到阴险的审讯，甚至一度面对死亡的危险。作为一个才华盖世、为人正直、在政治上富有责任感的文人，仅仅因为写了一些嘲讽"变法"的诗，就遭受如此严酷的打击和放肆的凌辱，是令人难以忍受的。他也悲观过，迷惘过，对人生深感无奈和失望。但也正是因为饱经风霜，才有清清朗朗的彻悟。

词中通过描写道中遇雨这样一件生活中的小事来表现人生哲理。一场骤起的风雨"穿林打叶"，那声音有些夸张，使人感受到威胁。没有经验、毫无准备的人，会因此而惊慌，赶紧要从风雨中逃出去。但你也可以不理它，"莫听穿林打叶声"，由它去就是。"何妨吟啸且徐行"，随口哼着什么调子，慢慢走吧。"竹杖芒鞋轻胜马"，手拿着竹杖，脚穿着草鞋，那都是农人日常所用的东西，不是什么高级装备。但只要心里不慌张，对付雨也足够了，有什么可怕的呢？说到底，人生到处是艰辛，此时有风彼时有雨。想要一路平平安安，什么麻烦都没有，这本身就是不正常的念头。"一蓑烟雨任平生"，蓑衣总还是有的，应对麻烦的办法总还是有的。那么，无论遇到什么，除了坦然面对，还能怎么样呢？

早春的风吹在身上有点冷，把几分醉意也吹醒了。抬头望去，"山头斜照却相迎"，远处夕阳照在山峰上，别是一番风光，可以欣赏。世上的事情总是在变化，遇到风雨就不知所措，摔得鼻青脸肿，恐怕也难得有好心情面对青峰夕照吧。回过头再看看走过来的"萧瑟处"，虽说是且吟且啸，洒脱自在，却并非没有半点凄然，但走着走着，也就过来了。"归去，也无风雨也无晴"，风也过了，雨也过了，晴也过了，一天就这么过去了。

归结处"也无风雨也无晴"，还透着不在乎风雨不在乎晴的意味。因为风雨也罢晴也罢，那是老天爷的事情，并不是我们自己可以决定的。你老想着晴，偏偏就来风雨，结果"晴"反而成了精神负担。只有随缘，才能自得；只有淡定，才能旷达。随缘和淡定，才是在坎坷的人生道路上自己需要把握的力量。

回头再说茶。寺院的生活清淡，没有什么可以享受的食物，唯有茶是待客必备之物，也是僧人清修的辅助品。而自从赵州老和尚留下"吃茶去"的公案，茶和禅的关系变得更密切了，于是有了"茶禅一味"之说。禅是朴素的、自然的、平静的，饮茶的趣味也是如此。世事纷乱，人情动荡，欲求本心清净，最好"吃茶去"。

日本受中国文化的影响，又融入自身文化的因素，形成了别有特色的日本茶道。它的核心，就是通过茶道来悟禅。千宗旦的《茶禅同一味》说："茶意即禅意，舍禅意即无茶意。不知禅味，亦即不知茶味。"

十三　见山是山，见水是水

我们看到的"清清楚楚"的东西，
其实并不是事物的真相。

"老僧三十年前未参禅时,见山是山,见水是水;及至后来,亲见知识,有个入处,见山不是山,见水不是水;而今得个休歇处,依前见山只是山,见水只是水。大众,这三般见解,是同是别?"

上面是北宋禅僧青原惟信的一段语录,载于《五灯会元》卷十七。惟信并不是禅宗里大师级的人物,生平事迹留存也很少,常常有人把他错认作唐代和尚[1]。

但这段语录实在是传播广远,在各种场合反复被人提起。即使你对佛禅毫无兴趣,也很可能不经意间在什么地方读到过它。原因是这段话哲理性很强,跟黑格尔讲辩证法的"否定之否定"规律颇有异曲同工之妙,会引起人们的思索;同时,它又和我们的生活经验相契:大多数人是通过自我否定来接近生活真理的,古人所谓"行年五十,而知四十九年之非"。因此,每个人都会用自己的方式来体会这个"三段论"。

---

[1] 慧能有位大弟子叫青原行思,是另外一个人。

不过，在禅理上怎样去理解这段话，却有各种歧见。

日本禅学者阿部正雄在《禅与西方思想》中将它作为描述禅悟过程的经典范例，认为青原惟信所说的三阶段分别代表"习禅之前"的见解、"习禅若干年有所契会时"的见解和"开悟时"的见解。这应该是不错的。但他的具体分析有些复杂，而且渗透了一些西方现代哲学的内涵，也许说得有点远了。我们这里参照他的意见，但只用简单的方法来谈论这个"山水"问题。

第一个阶段，"未参禅时，见山是山，见水是水"，这种对事物的理解是一般常识。那么，常识是如何形成的呢？它首先来源于社会的知识系统和价值系统。在接受教育的过程中，我们获得了认识事物的方法和评判事物的标准。构成常识的还有一个要素是自我。人总是自然地倾向于肯定自我，把"我"置于万物的中心地位，用"我"的眼光来看待一切。

但"社会"有它的历史性偏执，"我"有它的个体性偏执。这两种偏执混合在一起时，我们看到的"清清楚楚"的东西，所谓"见山是山，见水是水"，其实并不是事物的真相。

第二个阶段是对前者的否定。"及至后来，亲见知识，有个入处"，这里说"入处"，是指通过参禅达到一定程度的了悟；前面加一个条件，是"亲见知识[1]"，也就是通过自身的努力去探究、体验；靠别人，靠书本，得不到那个"入处"。在这个否定阶段，万物皆空。物、我的对立不存在了，是非也好，善恶也好，其实都是名相。"恶"难道不是"社会认定恶"吗？"好"难道不是"我觉得好"吗？癞蛤蟆哪里会爱上天鹅，它觉得天鹅丑得出奇！这时候，"见山不是山，见水不是水"。

---

[1] 此处"知识"为动词，"了解认识"的意思。

但一味执着于"空"也是一种偏执。用阿部正雄的话来说："否定性的观念也必须被否定。空必须空掉自身,这样,我们就到达了第三阶段。"这就是否定之否定。此时,"依前见山只是山,见水只是水",表明禅悟并不是达到一个与现存世界相脱离的神秘世界。但这和第一个阶段又完全不同,事物的分别是因为它们"在其总体性和个体性上揭示了自身,而不再是从我们主观性立场上看到的客体"(阿部正雄语)。说得简单点,第三阶段是事物自身显示出不同,并非我们以自己的需要和特定的立场去探究而发现的,我们只是平淡地接受事物的不同。三个阶段大致是"成见—破成见—回到本来"。为什么说这样的悟是个"休歇处"呢?因为脱离了迷悟、焦虑、执着,心境澄明,精神愉悦。

女作家池莉借青原惟信的话谈论人生的三种境界,有句话也说得很好:

> 人本是人,不必刻意去做人;世本是世,无须精心去处世。便也是真正的做人与处世了。

返归自然朴素,就是人生"休歇处"。

有一首托名北宋大文豪苏轼写的《庐山烟雨》诗,真实作者没有查清楚,内涵和青原惟信的那段语录很相似,意思也不错。我们暂且用来做一些解析。

下面引这首诗:

> 庐山烟雨浙江潮,未到千般恨不消。
> 到得还来别无事,庐山烟雨浙江潮。

南宋·李嵩 《月夜看潮图》

庐山烟雨之变幻，浙江潮之壮观，要算是天下奇景。未曾游览过的人只是听人说，内心充满了向往，总觉得未见到是莫大的憾事。人对于"求之不得"的东西总是如此，被欲望所驱使，拼命追求的其实是心造的幻象。

明人江盈科在《雪涛小说》中说："妻不如妾，妾不如妓，妓不如偷，偷着不如偷不着。"差不多也是这个道理。所以佛说八苦里面有一个叫"求不得苦"，而贪欲重的人，一辈子就在这个苦海里挣扎。

真见到了又如何呢？"别无事"！没有什么神奇，没有什么惊心动魄，也就是"庐山烟雨浙江潮"而已。

如果认为后两句意思是"见面不如闻名""不过如此"，诗意也就很浅了，没什么说头。这一回发现"上当"了，心里还会有新的念头起来，还会想"黄山烟雨东海潮"，那肯定厉害，于是再进入"未到千般恨不消"的循环。东坡诗的意思，是摆脱贪求和幻觉来看待事物，这时事物以自身存在的状态呈现自己，朴素而又单纯。《菜根谭》说："文章做到极处，无有他奇，只是恰好；人品做到极处，无有他异，只是本然。"道理与此相通。

这首诗的妙处，在于开头、结尾是同样一句"庐山烟雨浙江潮"的重复，而以此表现从未悟到悟的不同境界。这和惟信说"见山是山，见水是水"确实很相似。

我们再选一首济颠的诗。济颠也就是济公和尚，是一个传说性的小说化的人物。大概是历史上原本实有其人，因造诣精深而行为奇特，在传说中变了形，围绕他产生了许多神奇诙谐的故事。依《净慈寺志》记载，他本姓李，生活在南宋绍兴至嘉定年间，临终前留下一首偈诗：

> 六十年来狼藉，东壁打到西壁。
> 如今收拾归来，依旧水连天碧。

"狼藉"就是俗语"乱七八糟"的意思，这是济颠对自己数十年生活状态的形容。"东壁打到西壁"可以引发的想象很丰富，既可以理解为一个求法者以殷切的心情栖栖皇皇地求道的历程，也可以理解为一个心高气傲、貌似癫狂的"疯和尚"与僧俗两界经常冲撞的状态。他说自己"茫茫宇宙无人识"（《净慈寺志》录《呈冯太尉》诗），可以体会。

人间艰辛，和尚多情，因此悟道不易。当时有一位名叫陶师儿的妓女与一位浪子王宣教相恋，为世俗所不容，两人于一个夜间在净慈寺前的西湖中相拥投水而死。济颠是净慈寺的和尚，陶师儿下葬时，他为这个不幸的女子写了一篇起棺文：

> 恭为陶氏小娘：手攀雪浪，魄散烟波。饮琼液以忘怀，踏银波而失步。易度者人情，难逃者天数。昨宵低唱《阳关》，今日朗吟《薤露》。母老妹幼，肠断心酸。高堂赋客，黄昏无复卷朱帘；伴寝萧娘，向晚不能褰绣户。化为水上莲花，现出泥中玉树。咦！波平月朗，绿阴中，莫问王郎归甚处！

我们不能确证这是不是真实的事件和真实的济颠文笔，但即便是传说或假托，也总是和济颠本人的个性有关系吧——在民众心目中，他是个善良而多情的疯和尚。

这样来读"如今收拾归来，依旧水连天碧"，那是济颠和尚在人生尽头对世界对生命的深情一叹。世界充满了混乱、虚伪，生活

清·王震《济颠图》

狼藉，令人疲惫。"东壁打到西壁"数十年，彻悟之后，眼前才得一片开朗，只见"水连天碧"。这和"见山是山，见水是水"一样，并无神奇，但生命境界的开阔圆融却是十分动人。

最后再说一个道元禅师的例子。道元（1200—1253）是日本佛教史上最为杰出的人物，日本曹洞宗的创立者。南宋年间到中国求法，在天童寺如净禅师的引导下获得自证。回日本以后，他在京都兴圣寺升堂说法，谈到自己在中国求法的心得：

> 我虽然去了大宋国，但没参访多少禅寺，只是偶尔入了先师天童寺如净禅师的门，当下体认得眼是横的，鼻是直的，从那以来没被人瞒过。我在师父那里知道了自己具备辨别真伪的眼睛和鼻子，所以除自身这个土产的人以外，一尊佛像、一卷经文也没带回国。

这就是道元的彻悟，彻悟的人明白了什么呢？明白了——眼横鼻直。

十四　雁过长空，影沉寒水

生命只是一种偶然，
万千景象不过都是瞬间的变化。

诗里特别有禅

苏轼二十岁那年和弟弟苏辙在父亲苏洵的陪同下赴京城汴梁应举，经过渑池（今属河南）时，曾寄宿在一座寺庙中。老僧奉闲殷勤招待，兄弟俩在寺壁上题了诗。过了五年，苏轼去陕西任地方官，重又路过渑池，他和苏辙为此作诗唱和。苏轼的这首《和子由渑池怀旧》成为诗史上的名作：

> 人生到处知何似？应似飞鸿踏雪泥。
> 泥上偶然留指爪，鸿飞那复计东西？
> 老僧已死成新塔，坏壁无由见旧题。
> 往日崎岖还记否？路长人困蹇驴嘶。

一种很深的感慨首先是触景而生的。不过几年时间，殷勤好客的老和尚已经死了，被埋在了一座塔下。他的笑颜、他的声音好像还在眼前，可眼前只有一堆埋骨的土。寺庙也已经破败，看不到兄弟俩当年题在墙壁上的诗。那些诗句还记得很清晰，可眼前只有颓败的土墙。

人的一生很难说有什么既定目标，因为外在环境与条件的变化不受人的意志控制；人生到处会留下一些痕迹，但那些痕迹很快都会消失。也许，杰出人物会留下许多供人追忆的东西，譬如他的故居、他坐过的椅子，但那也只是做纪念活动的人为了自己的目的而维持的某种陈设，通过这种陈设来解释某一段历史，它和被纪念的人倒是没有多大关系。

那么，人生到底是什么呢？苏轼在想：就像鸿雁飞在茫茫的天空中，偶然在雪地上停息，留下一些印迹，而后鸿飞雪化，一切又都不复存在。生命只是一种偶然吗？走过的路上那些模糊的印痕，星星点点，似断似连，又能够说明什么？冥冥之中有什么力量在支配着这一切呢？年轻的苏轼发出了这样的疑问和感喟。

但不管怎样，人总还是要辛勤地努力吧！当年父子三人走在崤山道上，风雪交加，路途崎岖，蹇驴在颠簸中发出长长的嘶鸣。这就是路。如今兄弟俩都考中了进士，从小官做起，跟各样的人打交道，疲惫、厌倦总是难免，但总还要努力走下去。这就是路。

差不多和苏轼同时代，有一位天衣义怀禅师说过一段上堂语[1]："雁过长空，影沉寒水。雁无遗踪之意，水无留影之心。若能如是，方解向异类中行。"意思大致是，大雁从天上飞过，影子投在清澄的水上。但大雁并不是有意要留下自己的踪迹，水也无意留住它的影子。雁飞影过，如此而已。能够明白这个道理，能够这样去做事，才能行走于万类纷繁的人间。

苏轼诗与天衣义怀的禅语有非常相近之处，有人认为诗意是演绎禅语而成的。但他们生活的年代实在是很相近，而且天衣义怀主要活动于江浙一带，苏轼那时还没有到过江南，所以很难说苏轼写

---

[1] 开讲时所说的话。

明・吕纪 《雪岸双鸿图》

此诗时受到了他的影响。两者的近似，更大可能是"不约而同"吧。况且，两者的视角，也还是有些差异。

天衣义怀的话，根源是在《金刚经》："应无所住，而生其心。"据说六祖慧能未出家时于市中贩柴为生，偶然经过一家客舍，听人诵读《金刚经》，听到这一句忽然醒悟，顿时萌生了出家之志。

什么叫"无所住"呢？简单说就是不执着，不受外界变化的支配。你在"异类"（各种各样的人与事）中行，有人夸你，你就兴高采烈；有人骂你，你就怒气冲冲；今天流行黄色你就一身黄，明天流行黑色你就一身黑……很快你就神魂颠倒、莫名其妙了。

如何又要"生其心"呢？佛教讲万事无常，本心清净，但并不赞成执着于空无——执着于空无也是"有所住"。北宋宝觉祖心禅师的偈诗说："不知心境本如如，触目遇缘无障碍。"清净的本心对于外界仍然有恰当的反应，有自然的喜怒哀乐，这种反应甚至是更为自如而美妙的。庭前花开花落，天上云卷云舒，情与之谐，心与之舞，飘逸之中，欣喜自生。更有"利乐众生，慈悲为怀"，也是一种"生其心"——实际上慈悲心构成了佛教非常重要的价值基础。

有人问赵州老和尚："像你这样的圣人，死后会到何处？"赵州说："老僧在汝众人之前入地狱。"问的人感到十分震惊，说："这如何可能？"赵州毫不迟疑地说："我若不入地狱，谁在那里等着救度汝等众人？"这就是佛的慈悲、禅者的宏愿。

在苏轼的诗中，"飞鸿雪爪"的比喻从情感上说带有惆怅的意味，不像"雁无遗踪之意，水无留影之心"那样洒脱。但在哲理上，它也体现着佛禅的无常观。人世无常，虽然也可以导出一种无可奈何的心情，但若是以"无所住"的态度去应对无常，也可以引出超越的旷达。在这首诗里，两种情绪同时存在。

正像前面说过的，无奈也罢，旷达也罢，对苏轼来说，这些都不妨碍在人生道路上总须有所努力的积极态度。我们看苏轼的一生，一方面喜好老庄与佛禅，能够以超越的眼光看待世事的变幻；另一方面，作为一个官员，他又始终是正直和富于责任感的。他任徐州知州时，黄河决堤，大水围城数十天，徐州岌岌可危。苏轼住在城墙上的小棚子里，有家不回，以安定民心，终于率士民顶住了洪水的侵袭，赢得了极大的声誉。任杭州知州时，他为了兴修水利而疏浚西湖，留下了一条风光绮丽的苏堤。他绝不会把自己"空"成一个对现实世界毫无意义的虚壳。

苏轼的另一首名作《题西林壁》，也可以放在这里比照着来读：

横看成岭侧成峰，远近高低各不同。
不识庐山真面目，只缘身在此山中。

这首诗是苏轼在元丰七年（1084）游庐山时题写于西林寺墙壁上的。当时陪同他游庐山的有东林寺住持常总禅师以及庐山的其他僧人，还有从黄州一起过来的老友、诗僧道潜，所以写诗说禅，正合当下的气氛。

对诗来说，光是能够表现某种哲理未必就是好诗。

在这次游览过程中，苏轼还另外写了一首《赠东林总长老》："溪声便是广长舌，山色岂非清净身。夜来八万四千偈，他日如何举似人。"这首诗讲禅宗"无情说法"的道理，意思是说自然就是佛性，溪声便在说法，一夜听来，有无限美妙的道理，只是不能告诉别人。

作为一首禅偈，这首诗也有它的好处，但从诗的艺术性来要

明·沈周 《庐山高图》

求，因为完全是在说理，则未免显得枯燥了些。而《题西林壁》则不同。这首诗字面上只是描写眼前景象，抒发游览的感受，并不直接说道理，让人感觉比较亲切。所以纪昀在对《苏文忠公诗集》的评点中说它"亦是禅偈，而不甚露禅偈气"。其实，就是从说理的角度来看，这首诗也比《赠东林总长老》来得深刻。因为它是启发性的，所以有更丰富的内涵。

禅本来不可说，以诗说禅，妙处在说与不说之间，说多了、说白了就不好。

庐山景象万千，移步换形，横看，竖看，远看，近看，从高处看，从低处看，各不相同。那么，什么才是"庐山真面目"呢？在庐山中是看不到的，因为人的视角总是会受到当下所在地方的限制。要是你认为你看到的就是庐山，别人看到的都不对，就形成了偏执，而偏执使你无法认识庐山。

这不仅是说庐山。延伸到更大的范围，世事总是因人成相，而人人各据一端，所见不同。要想见真相，需要脱离自身的处境，从高远处观照。

换一个角度来理解，人生陷落在世俗的境遇之中，乍惊乍喜，忽忧忽乐，为生老病死、荣辱贵贱所困，如果上升到无限时空反观这一切，不过都是瞬间的变化。

佛法修持的一个根本之处就是破执，而破执首先是破"我执"。人心里梗着一个粗重无比的"我"，贪婪、自大、自卑，永远放不下自己，哪怕再聪明，也免不了一叶障目。而一旦破除"我执"，潜在的真如智慧就得以显现，万象纷呈，因缘分明，心境自如，不受迷惑。

所以天衣义怀禅师说："雁过长空，影沉寒水。雁无遗踪之意，水无留影之心。若能如是，方解向异类中行。"

十五　长啸一声天地秋

一轮孤月，无限江山，禅者惊破夜空的长啸，令天地为之动容，于是萧瑟之气，弥散四野。

禅或者说禅者的气度,往往表现得十分豪迈。这在根本上和禅学的哲理有关——既然佛性为世界的本原、最高的存在,而我性即是佛性,逻辑的必然就是:没有外于我的权威存在。当然,禅要求破"我执",但破除"我执"之后与世界佛性融为一体的"我",终究仍然是一个具有自我意识的精神主体。

北宋喜欢将佛与儒相混融的吕希哲说过:"尽大地是个自己,山河世界,一切物象,皆是自己建立。"(见《吕氏杂记》卷下)可见小我的局促被去除了,大我的尊贵却显得更为强烈。

百丈怀海(720—814)是马祖道一的弟子,离开师门后在洪州新吴(今江西奉新县)大雄山创建寺院。有僧人问他:"如何是奇特事?"百丈答云:

独坐大雄峰。

这个回答十分微妙而富于诗意。《江西通志·山川略》记载:"百丈山在奉新县西一百四十里,冯水倒出,飞下千尺,故名百丈。以其西北势出群山，又名大雄山。"其地岩峦高峻，山势险要。百丈寺就在大雄峰上，你可以认为"独坐大雄峰"只是说禅修很平常，谈不上什么"奇特事"。但这个诗化的句子就地取材，带有强烈的暗示性；再说到"大雄"又是释迦牟尼的尊称之一[1]，更别有一番意味。禅者"独坐大雄峰"，俯瞰人寰，正红尘滚滚，熙来攘往，他有阔大的胸襟、宏伟的气象和沉静的态度。

中唐时期儒者李翱与禅师药山惟俨的交往，是中国哲学思想史上的一段佳话。李翱是韩愈的弟子，他们两人是中国儒学传统朝理学方向转变的关键人物。惟俨曾先后师从石头希迁和马祖道一，和百丈怀海一样，从慧能数起算是南宗禅的第四代传人，住在澧州药山寺。元和十五年（820）李翱出任朗州刺史，其地与澧州毗邻，他就去拜访了惟俨。当时"道"和"道统"是这一群儒者所关心的问题，所以李翱首先就问"何谓道耶"，意思是要探究佛禅对世界本原的理解，惟俨则以禅宗惯用的隐喻方式回答他：

云在天，水在瓶。

因为这是诗化的表达，重在领会，很难给予单一的解释。常见的说法是：水在瓶则静而定，波澜不起；在天则化为云，自在飘浮，所以顺自然，适物性，应物随缘就是"道"。这大概也可以吧，可是我总觉得这么说实在辜负了如此美妙的诗句。如果重视唐代禅师那种自由奔放的精神，换一种解说也许更恰当：云和水本是一物，但云在天是空阔无碍、任意舒卷的景象，水在瓶却是拘局而无法舒展的状态。要说"道"本该是无形之物，一旦固执便成了

---

[1] 因此佛寺的正殿称为"大雄宝殿"。

"瓶";"瓶"不打碎,何从谈"道"?这么读,就隐含了批评儒道的意思。

《宋高僧传》记载此事,说李翱当下"警悟","疑冰顿泮"——像冰一样凝结的疑惑一下子全都化解了。到底李翱从这个优美的句子中体会到什么,这对于他兴复儒道的事业有什么意义,后人也无法知道。但惟俨的回答无疑给李翱留下了深刻的印象,他有《赠药山高僧惟俨》诗二首记其事,第一首是:

> 炼得身形似鹤形,千株松下两函经。
> 我来问道无余说,云在青天水在瓶。

从首句来看,惟俨是一个清癯而健朗的僧人,第二句用一片广阔的松林映衬他在寺庙中读佛经的仪态,显示庄肃的气象[1]。三、四句归结到惟俨对李翱问道的回答,同时也借言语的玄妙显示出高僧富于智慧的气质。

《赠药山高僧惟俨》诗第二首是:

> 选得幽居惬野情,终年无送亦无迎。
> 有时直上孤峰顶,月下披云啸一声。

这首诗更能够体现前面所说的禅者的豪迈。前两句写惟俨幽居山林以自适,轻视世俗浮华的生活态度和生活方式,这和李翱探访惟俨的经历有关系。李翱当时是朗州刺史,相当于现在的省级长

---

[1] 依史籍记载,药山惟俨是唐代喜好读经的禅师之一,但是他并不以此强求自己的门人。

明·顾梦游 《啸赋图卷张风补图》

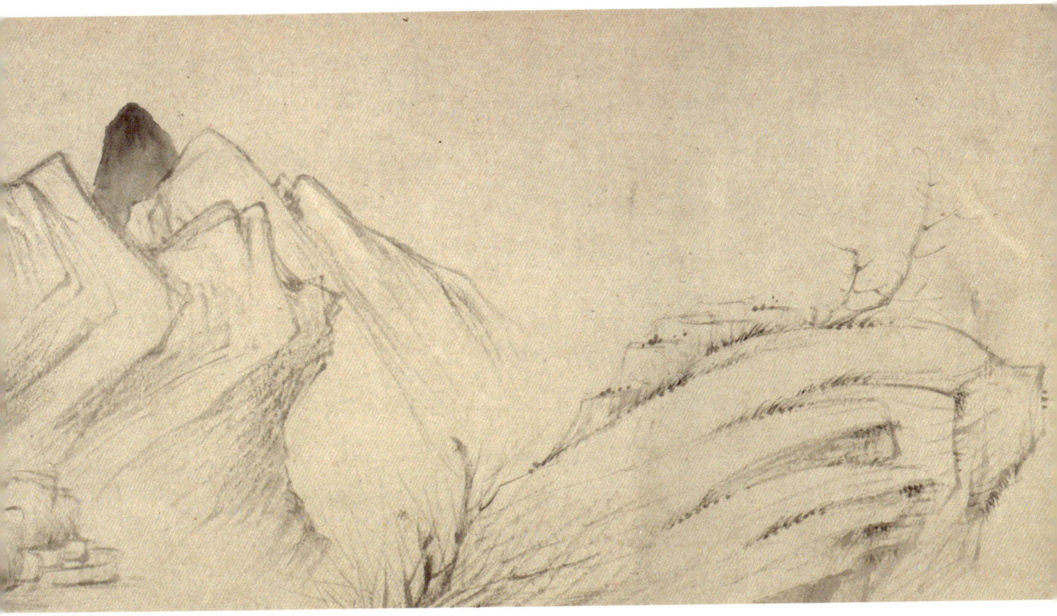

官，地位是很高的。他亲自去山中的寺庙拜访一位僧人，是非常隆重的举动。可是据《宋高僧传》的记载，李翱到来时，惟俨正在读佛经，也许沉浸在经义中了吧，他居然"执经卷不顾"，头也不抬。侍者赶忙提醒："太守在此。"没等惟俨做出反应，李翱已经不高兴了，远远地喊了一声"见面不似闻名"，意思是说和尚徒有虚名。于是惟俨抬头叫了一声李翱的名字，问他："太守何得贵耳贱目（光会用耳朵不会用眼睛）？"两人一笑，开始了交谈。诗中赞美惟俨"终年无送亦无迎"，看来事过之后，李翱对他这种淡漠世情、行事简朴的生活，还是很欣赏的。

后两句用一个形象的细节，描绘出高僧不凡的风采：惟俨偶尔夜来游山，直登孤峰之顶，正当云散烟消，一轮明月皓然当空，他发出洪亮的笑声，在山谷中传响不绝。如此性情奔放，和尚对自己的人生该是非常满意的吧。

古代学佛学道的人，很多是同时练气功的，在山中长啸或者大笑，往往与气功有关。《晋书》记载隐士孙登在山中长啸，"声若鸾凤之音，响乎岩谷"。药山惟俨的长啸，据说能传出几十里，这未免有夸张的成分。但他登孤峰而长啸，肯定是很有名的风流之举。"月下披云[1]啸一声"，意态之俊朗，可以读出儒者李翱对他的钦慕。

禅者有时看起来很狂诞的言行，其实是有深意的。相传释迦牟尼诞生时，向四方各行七步，举右手而唱一偈："天上天下，唯我独尊！"（见玄奘《大唐西域记》）这是佛陀被神化以后产生的传说。有人以此问云门文偃[2]，文偃回应道："我当时若见，一棒打杀与狗子吃却，贵图天下太平。"在一切宗教中，诽谤尊神或创教者都

---

1 "披云"字面是拨开云彩的意思。
2 云门宗禅的创始人，生活于晚唐。

是不可想象的事情,但在禅宗,所谓"谤佛"却无所忌惮,只不过云门文偃说得格外强悍而又生动罢了。原因就在于禅宗虽是佛教的一个分支,发展到后来已经完全不能接受神化的权威。

禅门五宗,以临济宗声势最盛,流播最为久远,其创始人临济义玄(生活于中唐)性格尤为鲜明强烈,对外在权威与法则的破坏最为彻底。他公然宣称,唯有"大善知识",才懂得"毁佛毁祖,是非天下,排斥三藏教",因为不受外来的拘禁,而获得"透脱自在"(见《临济义玄祖师语录》)。他的后世传人大慧宗杲(1089—1163)说他要不是当和尚,就会成为孙权、曹操一类枭雄,这是自家人的评价。

在《临济义玄祖师语录》等书中记有义玄和他人富于机锋的接谈,他常用一些诗化的句子来表达,譬如他和凤林禅师对话时,有一个自我描摹:

孤蟾独耀江山静,长啸一声天地秋。

虽然只有两句,但如果不那么拘泥,我们还是可以把它视为一首诗。一轮孤月,无限江山,禅者惊破夜空的长啸,令天地为之动容,于是萧瑟之气,弥散四野。这种寂寥之中的磊落与孤傲,实在令人震惊。比较起陈子昂著名的"前不见古人,后不见来者"之句,未见得逊色。

临济义玄的嗓门非常响亮,他在启导门人时,常常猛然痛喝一声,而另一位禅师德山宣鉴则喜欢用棒子打。"临济喝,德山棒",成为禅门佳话,也因此留下"当头棒喝"的成语。

北宋禅师保宁仁勇有一首偈诗,颂咏德山宣鉴开悟的经历,也是十分意气风发:

> 一条瀑布岩前落，半夜金乌[1]掌上明。
> 大开口来张意气，与谁天下共横行。

那是一天晚上，宣鉴侍立在老师龙潭和尚的身边，时间很晚了，龙潭让他回去睡觉。宣鉴道了一声"珍重"便走出法堂，忽然又回过头来说："天好黑呀。"龙潭于是点燃一根纸烛让德山照路，德山伸手去接，龙潭"噗"地一口将纸烛吹熄。此时德山心中豁然开朗，倒身便拜。

"你见到了什么，就拜？"龙潭问。德山说："从今以后，再也不会被天下老和尚的舌头所迷惑了。"[2]

燃烛、吹烛的刹那交替，启发了德山宣鉴的顿悟。保宁仁勇的诗用瀑布奔泻、半夜里突然有一道阳光照亮手掌，形容顿悟的一瞬间"明心见性"、彻底把握世间真相的心理状态。而从此独立横行，不再依靠任何人，这真是痛快淋漓。

禅宗这种推翻一切权威、要求必须从个人的内心求得真理的豪迈精神，对中国古代，尤其明代中期以后社会的思想文化，自我意识和个体精神的强化起到了相当重要的作用。这是思想史上的重要问题，在这里仅仅提一下，不再多说了。

---

[1] 古人称太阳为"金乌"。
[2] 事载《景德传灯录》卷十五，这句话的原文是"从今向去，更不疑天下老和尚舌头也"。屡见将此句解释为"从今以后不再怀疑天下老和尚的舌头了"，大误。德山宣鉴和临济义玄都是提倡"毁祖谤佛"的厉害角色，如果他顿悟的结果是懂得了从此要乖乖听天下老和尚说的话，那算是什么"禅"！《说文解字》："疑，惑也。"此处"不疑"为"不惑于"之意。所以保宁仁勇的偈诗用"与谁天下共横行"来表现宣鉴顿悟之后的豪气。

山为碧玉簪
水为青罗带
放笔写山独不期与春乡玉盖端
神正快事也 辛巳月 晋陵冯超然

近现代·冯超然 《观瀑》

十六　春来草自青

禅在自然中，
也在朴素的生活中。

禅者在表达打破一切思想权威的态度时，表现出十分雄迈的精神气象。但另一方面，禅又是非常平易的，它亲切地融入平凡的日常生活与自然环境，看花开花落、风生云起，听牧童吹笛、翁妪闲话，于此感受人生的自在。可以说，在禅的理想境界中，"禅"的观念、意识已经消失了，只留下生活与自然。有一句话可以表达这种意味，就是"春来草自青"。

"春来草自青"曾经在2008年被用作山东省的高考作文题目，因此引起一番议论。这句话字面很浅，不过说到了春天草木就自然地萌发、生长，但由此可以引发的东西却非常丰富，是禅师喜欢说的一句话，《五灯会元》中记载有好几个例子：

卷六，记西川灵龛禅师之事，僧问："如何是诸佛出身处？"师曰："出处不干佛，春来草自青。"佛或者佛陀，原本是释迦牟尼的尊称，但佛教在流传过程中形成了众多佛的名目，是所谓"诸佛"。僧人所提的问题，意思是诸佛凭借什么而成佛，也就是佛性根本是什么。而西川灵龛则告诉他这个问题没有意义，万物自然，就是最高的真实。换言之，世界的本质并没有隐藏在世界的后面，

明·张宏 《琳宫晴雪图》

它直接呈现于现象之中。

卷十五，记云门文偃禅师之事，僧问如何是佛法大意。师曰："春来草自青。"这个提问及回答与上例几乎同出一辙。

宋代云峰文悦禅师似乎被门徒不断提问搅得心烦了，他在《原居》中写道：

> 挂锡西原上，玄徒苦问津。
> 千峰消积雪，万木自回春。
> 谷暖泉声远，林幽鸟语新。
> 翻思遗只履，深笑洛阳人。

"挂锡"本来是指云游僧人在某个寺庙中临时居留，用在这里主要是表现一种闲散的生活姿态。可是"玄徒"，即参禅的僧人，却苦苦地追问不休，想要从云游僧人这里知道修成正果的门径。

其实那些问题本来就没有意义，又怎样去回答他们呢？不如一起欣赏眼前景象吧。群峰积雪消融，万木回春，一片翠色。陵谷温暖，泉流丰沛，可以听到水声传向远方；深幽的山林中鸟儿啼鸣，那声音带着春天特有的欢欣。

与"春来草自青"一样，这里"万木自回春"用了一个"自"字作为强调，它和"鸟语新"的"新"字，都着意凸显大自然内蕴的生机适时而勃发。

哪里还需要苦苦追寻什么"祖师西来意"呢？传说达摩这位禅宗的祖师在中土只留下一只鞋子，想来他辛苦传播禅学，惹得无数后来人争相说"禅"，实在也是可笑的事情。

云居晓舜禅师更爽气，他上堂开讲就宣称："闻说佛法两字，早是污我耳目。"他说你不要跟他说什么"佛法"，他也根本不懂禅.

> 云居不会禅，洗脚上床眠。
> 冬瓜直儱侗，瓠子曲弯弯。

冬瓜是直的，瓠子是弯的，这是什么了不起的知识吗？这里面有什么了不起的道理吗？

你要问舜老夫云居[1]，他会告诉你："没有什么知识和道理藏在里面，不过是冬瓜直、瓠子弯。要不然，打你三十棒试试？"

诗人也以他们的方式，直接从自然中感受禅意，如刘长卿的《寻南溪常山道人隐居》：

> 一路经行处，莓苔见履痕。
> 白云依静渚，芳草闭闲门。
> 过雨看松色，随山到水源。
> 溪花与禅意，相对亦忘言。

"寻"是寻访，也就是事先没有约定的访问，因而没有遇上也是可以预料的结果。但寻访的过程，却增加了诗人对隐居生活的理解与感受，这就构成了诗意。唐诗里屡有这样写的，如贾岛有《寻隐者不遇》。"常山道人"是谁不太清楚，但不一定是道士。在唐代，僧人，或者泛义上的修道之士也可以称为"道人"，而从诗末的"禅意"来看，很可能是一位佛教信仰者。

隐者的居所在僻静之处，一路走来，山径上满是莓苔，印着履痕。若是热闹的地方，脚印叠着脚印，互相磨灭，不会有苔藓也不能留下足迹。这些履痕是隐者生活的印迹，它让探访者感到亲切，

---

[1] 晓舜的别号。

明·文徵明 《雨余春树图》

也有几分神秘。

到了门前,往远处看,是静静的水洲,上空有些白云飘浮。云和水本不相属,但云的柔和娴静,倒像是依恋着水渚。往近处看,常道人住处的门关着,门边长着许多青草,更显得那是"闲门"。没有见到人,只见到一派幽寂恬静的景象。

访客不遇,好像是扫兴的事情。但是寻访隐者,本来就不是要商量什么军国要务或者财货得失,遇与不遇,无妨顺其自然吧,这也就谈不上如何失望。那么就随便走走看看。下过雨,松色格外苍翠,沿着山径,就走到了溪水的源头。这还是在寻找常道人吗?似乎已经忘了那件事。"随山"的"随",明显有随意和无目的的意味。

刘长卿喜欢禅,他要探访的常道人大概也是一位禅者,走来的路上或许想着谈禅的话题。但此刻对着云水溪花,觉得那就是禅意了,不说才是更好的。

寻访没有遇到朋友,但踩过他的足迹,也体味了自然中的禅趣,心有默契,也就跟见过了一样。

禅在自然中,也在朴素的生活中。大慧宗杲怎么说禅宗经典的公案"祖师西来意"呢?

> 正月十四十五,双径椎锣打鼓。
> 要识祖意西来,看取村歌社舞!

这位大慧宗杲禅师是两宋之际的一位高僧,南渡后曾主持余杭径山的能仁禅寺,对临济宗的发扬光大起了重要的作用。上面所列的是一首上堂诗,作于绍兴九年。"双径"是径山的地名,如今仍有双径镇。这里是江南富庶的地方,正月十五,民间有热闹喜庆的活动，敲锣打鼓，载歌载舞，一派欢腾。什么是"祖师西来意"呢？什么是佛法根本呢？这就是了！简单朴素、纯任天机、无忧无虑的民间生活，就体现着禅的根本真实，体现着佛教利乐众生的本意。他甚至说："士大夫平昔所学，临死生祸福之际，手足俱露者，十常八九。考其行事，不如三家村里省事汉，富贵贫贱不能汩其心。以是较之，智不如愚、贵不如贱者多矣。"（《大慧普觉禅师语录》）照他看来，穷人的欲望和执着较少，因而更容易悟道。

大慧宗杲因为和主战派的礼部侍郎张九成关系密切，常在一起谈论心性之学，又吸引了许多人，因而引起宰相秦桧的忌惮，被加以讪谤朝政的罪名，革除僧籍，流放十五年之久。（《宋史·张九成传》）和尚因为政治问题而遭难，这算是很突出的例子了。他的佛学观念，和他的入世精神有着相通之处。

史载宗杲晚年住径山，"四方道俗闻风而集"，他的这首小诗，应该是传达了对追随者的某种期待吧。

当禅者把任运天真的生活看成是禅意的完美境界时，富于诗意的牧童形象成了一种典范。譬如黄庭坚的《牧童》：

骑牛远远过前村，吹笛风斜隔陇闻。
多少长安名利客，机关用尽不如君。

京城是天下名利场，人们钩心斗角、机关算尽，在这里耗尽了精神。比起骑牛吹笛的烂漫小童，那些"长安名利客"岂不显得太愚蠢？

据说这首诗是黄庭坚七岁时写的。如果真是这样，我们便知道他并没有留在家乡吹笛，他也跑到"长安"赶热闹去了，为此还倒了不少霉。有一天再读这首小诗，他自己会怎么想呢？

《五灯会元》中也收了多首以牧童为主题的禅诗，如卷十六记地藏守恩禅师所作的一首：

> 雨后鸠鸣，山前麦熟。
> 何处牧童儿，骑牛笑相逐。
> 莫把短笛横吹，风前一曲两曲。

这是上堂诗，是僧徒们参禅的入口。那时候想必有些放过牛的年轻和尚坐在僧堂中，他们读什么雨后麦熟呀，骑牛相逐呀，短笛横吹呀，也许会迷惑：这不早就知道？难道参禅其实是多余的事情？

徐渭是中国画史上显赫的人物，他号"青藤"，郑板桥、齐白石都宣称要做"青藤门下走狗"。徐渭的画以任情随兴、富于生趣见长。他晚年喜欢画儿童嬉戏的图景，并题上生趣盎然的诗。下面是一首《风鸢图诗》：

> 偷放风鸢不在家，先生差伴没处拿。
> 有人指点春郊外，雪下红衫便是他。

还下着雪，那小子便逃学去放风筝，可以算是放风筝的激进派了，在先生和爹娘眼里，真是欠揍。可是，"雪下红衫"是多么好看的画面，那种无知无识、充满野趣的生活是多么快乐！这首诗里完全没有禅的语言，但其实是有禅趣的，徐渭本人在禅学方面也确实有相当的修养。只不过正像前面说的，在禅的理想境界，"禅"的观念会消失。

我们就拿徐渭来收结吧。当徐渭充满热情地描绘童趣时，他已

近现代·齐白石 《五童纸鸢图》

经很老了,他在人间走过了漫长的、坎坷而痛苦的道路。他要表现的机心全泯、纯任天真的生命状态,是历尽艰辛之后才有的返璞归真,需要建立在深刻的人生经验之上。这样来看黄庭坚的《牧童》,实在不像是七岁小儿的口吻,如果真是七岁之作,也只是模仿大人说话,其实不知道自己在说什么。

十七　禅者，活泼泼也

把无限放在你的手掌上，
永恒在一刹那里收藏。

"春来草自青"所试图表现的禅的境界,极其朴素、单纯,但同时它也丰富而深刻。

禅表现为各种艺术形态时,常常呈现出恬静、幽寂的风调,这在日本的禅文化中尤其显得突出,譬如茶道进行的过程安静得近于肃穆,日式庭院也总是散发出一种清冷的气氛。但这并不妨碍禅的感受、思维和表达,同时又是生动而活泼的——事实上,"活泼泼"[1]正是禅家的熟语;而且也正是因为禅家的运用,它才越来越被人们熟悉,成为一个日常化的词语。早在唐代,赵州从谂就说过"禅者,活泼泼也,非枯木死灰"(《赵州禅师语录》)。宋代高僧大慧宗杲也说,禅者的思维"如水银落地,大底大圆,小底小圆,不用安排,不假造作,自然活鲅鲅地,常露现前"(《大慧普觉禅师语录》)。

而禅宗之所以重视"活泼泼"三字,一方面因为禅悟是"直指

---

[1] "活泼泼",也写作"活鲅鲅",本义指鱼尾灵活摆动的样子,形容一种充满生机而富有灵性的状态。

人心，明心见性"的过程，不能容忍任何矫饰和造作的成分；另一方面因为禅者之间的应对或禅师对门人的启导，都是随机而发，如电光石火，不遵循任何固定程式。而说到底，禅悟所追求的就是精神的解脱。禅者认为人的心性和真如法性本属一体，在无遮蔽状态下，本身充满了活泼的生机。

宋代理学受禅宗影响很大，"活泼泼"也成为儒者的常语，朱熹尤其喜欢用。他说"天理"的流行是"活泼泼地"，做学问的功夫也应该是"活泼泼地"。总之，理学家虽然把道德修养放在最高的地位，但他们也希望这种修养的达成与人的自然心性一致，因而反对古板、僵化的思想与方法。朱熹有一首《观书有感》，就讲到这个道理：

半亩方塘一鉴开，天光云影共徘徊。
问渠那得清如许？为有源头活水来。

"鉴"是镜子。古代的镜子是铜铸后用特殊的技艺磨光的，容易弄脏、被锈蚀，所以平时收藏在镜匣里，要用时才打开。首句形容小小的池塘像一面刚刚打开的镜子，不仅是说它清澈，而且表达了目光触及时一种欣喜的情绪。

镜子的功用是照见物象，那么在"半亩方塘"这片如镜的水面上可以看见什么呢？天光云影，彼此相映，在水波上闪耀浮动，何其美妙！以"共徘徊"形容"天光云影"，是个极漂亮的句子。它既写出了由于水波荡漾而造成的倒映景象的特点，又渲染了一种富于活力的气息，好像池塘是有生命的，外界的景象一旦映现在它的水波上，就形成活泼的意态。要知池塘虽小，它可以容纳的世界却极为广大和高远，并且丰富而生动。

近现代·齐白石　《半亩方塘图》

当然这需要条件，所以在第三句用提问方式转折：它怎么能够如此清澈？进而逼出总结性和高潮式的末句：就是因为有"源头活水"不断地注入其中！

就这首诗的寓意来说，"半亩方塘"是指人的心境。古人常用"方寸之地"来形容人心，言其体量甚小。可是人的精神世界又是多么神奇、多么广大啊，古往今来，天文地理，它真是无所不能容纳。并且，它也并不只是被动地反映美妙的大千世界，它还品味万物，给万物以新的生命和风采。用小小池塘中"天光云影共徘徊"这样美丽的景象来象征人的精神世界，令人感受到一种欣欣然的生气。

当然人心各别，其境界相去不可以道里计。怎样才能保持清明宽广而生机勃勃的心境呢？"半亩方塘"因有"源头活水"的不断补充而"清如许"，人的精神世界也需要活的源头。这首诗最早抄录在朱熹给许顺之的书信里，在这前后朱熹和许顺之有多封书信往来，讨论理学问题。这首诗里隐指的精神源头，理当就是他所说的"活泼泼地"流行不息、使万物充满生机的"天理"，而不是简单地指通过读书获取新知识。《朱子语类》记载朱熹教导学生说："那个满山青黄碧绿，无非天地之化流行发见[1]。"在他看来，大自然四季风云，草木荣枯，都体现着"天道"的深微，都感发着求道者心中的生气。而当个体生命和天地至善之理融为一体时，他的精神世界就得以避免沉滞枯萎。

朱熹讲的"活泼泼"主要指一种思想的境界。宋代文人受禅宗的影响，在诗歌创作中形成一种对"活法"的追求，则更多注重于艺术表现。像陆游《赠应秀才》说"文章切忌参死句"，史弥宁

---

[1] "见"通"现"，"发见"就是呈现的意思。

《诗禅》说"诗家活法类禅机",都是如此。什么叫作"活法"呢?关键有两点:一是对外界事物具有高度的敏感,写寻常景象也总有新鲜的趣味;二是语言不落俗套,鲜活生动。而归根结底,它体现了活跃的生命状态。这种诗常常并不包含说理的成分,却让人感到某种"理趣"或"禅味",因为这里面融入了诗人对自然和人生的感悟。

苏轼有《惠崇春江晓景》,是一首题画诗,题惠崇所画的《春江晓景》,但直接当作写景诗来读也毫无问题:

竹外桃花三两枝,春江水暖鸭先知。
蒌蒿满地芦芽短,正是河豚欲上时。

首句写隔着竹丛望去,几枝桃花摇曳生姿。红桃翠竹,彼此相映,色彩明丽,显示着盎然春意。桃花只是"三两枝",还没到满树盛开的时候。但就是这三两枝,似乎娇弱却洋溢着生机,格外令人喜爱。然后写江水回暖,鸭子在水中欢快地嬉戏。

清代学者毛希龄喜欢跟人抬杠,他批评这首诗说:"春江水暖,定该鸭知,鹅不知耶?"这是无理取闹的话,你若写了"鹅先知",他又可以振振有词地问你:"鸭不知耶?"

这句诗的美妙,在于它字面上写鸭子,内蕴却是诗人对春天的敏感和欣喜。春天来到,鸭子戏水的姿态和鸣叫声会有什么样的变化?粗率或迟钝的人对此不会有什么感觉,而敏感的诗人却从这里领会了大自然的生机。当然,你也可以认为这句诗中包含着一种哲理:只有经常和某种事物相接触,也最熟悉它的人,才能最敏锐地发现它的任何细微的变化。但作者未必有如此明确的用意。

桃花临水,水中鸭凫,水边则是成片的蒌蒿和芦芽,很顺地一

清·王鉴 《仿惠崇笔意扇面》

丙辰清和倣
惠崇華似
祠先
玉㲀

路写下来。"蒌蒿满地芦芽短",是一片欣欣向荣的景象,又和下一句密切关联。因为当时江南人的生活习惯,河豚是要用蒌蒿和芦芽再加上菘菜(大白菜)一起烹煮的。苏轼的门人张耒在《明道杂志》中记载了这事。

河豚是一种有毒而味美的鱼类,所以有"拼死吃河豚"一说。它通常在每年清明节前后从大海游至长江中下游。蒌蒿、芦芽已经长起来了,河豚也该游来了。

"正是河豚欲上时",点出节令的变化,同时也写出人们对它的期待。我们知道苏轼是对美食饶有兴致的人,至今依然流行的几种名菜据说是由他创制的,譬如"东坡肉"。说"河豚欲上",让人感觉作者的食指似乎蠢蠢欲动。

这首诗没有写什么奇特的事物,一切都很常见,但读起来却令人由衷地喜爱,就是因为它流动、活泼,充满生机。大自然适时地将美好的事物呈献给人类,生命因此是美好的。

把"活法"运用得最为充分,因而在诗史上自成一家的诗人是南宋的杨万里,他的诗被称为"诚斋体"——"诚斋"是杨万里的号。

杨万里在《荆溪集序》中说自己写诗的经历,先学"江西诸君子",后学"后山"(陈师道),再学"半山老人"(王安石),晚学唐人绝句。这样学了好多年,某日"忽若有寤",谁也不学了,恁着兴致自由自在地写,这时"步后园,登古城,采撷杞菊,攀翻花竹,万象毕来,献予诗材",写诗十分顺利。这一描述本身就很有禅悟的味道。

杨万里最有特点的诗,大抵是字面清浅,意脉流畅,题材平凡,情趣鲜活。如《小池》:

> 泉眼无声惜细流，树阴照水爱晴柔。
> 小荷才露尖尖角，早有蜻蜓立上头。

一道细流从泉眼中无声地流出，令人"惜"；池畔的绿树投影在水中，风光明朗而柔和，使人"爱"。这不过是个"小池"，但一个心境恬静而又兴致勃勃的诗人在欣赏它，随处看去，皆是绰约风姿。

然后是一个轻灵的画面：小小的嫩荷刚露出紧裹的叶尖，已有蜻蜓飞来，停在上头。这本来是不起眼的景象，但一个"才露"，一个"早有"，顿时妙趣横生：小小的蜻蜓像是自然之美的发现者、爱好者，它停立在娇嫩的荷叶上，很有情意的样子，又好像要告诉人们什么。

蜻蜓飞到池塘来是为了觅食，它停立在小荷的尖尖角上还是枯荷的断茎上纯属偶然。是诗人的目光关注到它，感觉这个轻盈的飞虫和娇嫩的荷叶相依相偎的情形，为寂静而优美的小池注入了自然的灵气。在这首诗里真正打动读者的东西是诗人的敏感，他从稍纵即逝的景物变化中捕捉到最为动人的瞬间。

一只蜻蜓落在荷叶上有什么意思呢？如何写成一首流传千古的好诗？十八世纪英国诗人威廉·布莱克的一首诗也许可以间接地回答这个问题，此诗梁宗岱的翻译是：

> 一颗沙里看出一个世界，一朵野花里看出一座天堂。
> 把无限放在你的手掌上，永恒在一刹那里收藏。

诗人能够在极平凡处发现美，是因为"活泼"——活泼是生命感受活跃的状态，我们不能说这是不重要的。

杨万里还有一首《舟过谢潭》，也是很好的例子：

> 碧酒时倾一两杯，船门才闭又还开。
> 好山万皱无人见，都被斜阳拈出来。

这首诗是杨万里在从广东回江西的一次行程中所作。诗的语言比《小池》更朴素和浅显。诗人坐船走长途，有时难免有些无聊，喝了几杯酒，见船外暮色四起，就打算休息了，让人关上船门——忽然又叫人把门打开，原来是最后远远的一瞥，看到了一幅美丽的画卷：在夕阳斜照之下，群山明暗相映，凹凸起伏，千姿百态，景象显现得分外清晰和丰富，是自己从来没有注意到的，不由得惊叹：好山啊！

我们说这首诗的活泼，在语言表现的层面上，它爽利地还原了作者观山时瞬间的情绪变化，一分惊喜之状活生生地体现出来，使读者立刻与之产生呼应。同时，仍然是杨万里特有的对美的敏感。钱锺书先生说他的诗如同摄影的快镜头，善于捕捉变幻的影像，加以定格，在这首诗中尤为显著。

世间一切线条、色彩，都是阳光映照的结果，而阳光与万物的关系，又永远处在无穷的变化之中。说"好山万皱"被斜阳"拈出来"，等于说此刻阳光正是一位最伟大的画师，问题是还有一个"目遇之成相"的条件。只有对美敏感的人，心意与造化之流行息息相通的人，才能够在一个恰当的瞬间，因为心与造化的共同作用，看到新异的景色以完美的形态呈现在眼前。

十八　四厢花影怒于潮

失却童心，便失却真心；
失却真心，便失却真人。

在中国诗歌史上，龚自珍被视为承接古典传统而同时又接近现代气质的诗人，他因此特别受到人们的关注和喜爱。同时，龚自珍又是虔诚的佛教信徒，他的书室曾叫"红禅室"。到了后期，龚自珍更倾向于天台宗佛学而反对晚唐以后的"狂禅"，不过他认为天台宗可以包容禅宗，相信"六祖天台共一龛"，这跟禅宗也并不冲突。这方面的问题简单提一下，不细加辨析。

那么所谓"现代气质"与他的佛禅趣尚有什么关系呢？这个我在前面其实已有所提及，就是禅宗思想中包含着排斥权威、高扬自性、追求解脱的意识，在社会变化的过程中，它对现代意义上的崇尚个性自由的精神会起到催化作用。

我们就拿"自由"这个词语来分析。大致可以说，这个概念在中国古代一般的典籍中出现的机会很少，就是出现常常也并不代表正面的价值。《孔雀东南飞》中焦母骂她的儿子焦仲卿说："吾意久怀忿，汝岂得自由！"她认为儿子庇护自己的老婆刘兰芝，不赞成她把刘兰芝撵走，这个想要"自由"的态度很不妥，不允许有。所以严复很感慨地说："夫自由一言，真中国历古圣贤之所深畏，而从未尝立以为教者也。"(《论世变之亟》)一般研究中国思想史的人如胡适等,大多也认为中国古典传统理念中无"自由"可言。

但这样说,其实是因为忽略了禅宗典籍系统。李广良先生在《禅宗的自由精神》[1]一文中对这个问题做了很好的讨论,他举出数十个例子,证明禅宗不仅频繁使用"自由"的概念,而且把"自由自在""此身心是自由人"视为禅修的基本目标。虽然禅宗所要求的"自由"不直接涉及社会政治层面,但追求生命自由不仅本身即具有重要的价值,而且当它以张扬个性的面目出现时,就必然向现代意义的自由观念转化,并且终将冲击社会政治的拘禁。龚自珍擅于写情诗,这些诗却对世人产生过很大的震撼,原因就在于此。

龚自珍的生平用最简单的话来说,就是出身于名宦之家,外祖父段玉裁是大学者,本人自幼才华超群,但科举从头到尾不顺,好不容易到三十八岁考到三甲"同进士"(等于说副进士)出身,官做到从七品,总之尴尬可笑。官小,名气大,脾气大,思想尖锐,行为不检,差不多就描述完了。所以梁启超说他有点像法国的卢梭。

龚自珍的诗常有瑰丽的色彩、奇异的想象和激烈的动感,这似乎受到佛经所描写的奇幻境界的影响,但更重要的是体现出心志的奔放不羁。如《梦中作四截句》中的一首:

> 黄金华发两飘萧[2],六九童心尚未消。
> 叱起海红帘底月,四厢花影怒于潮。

---

1 载《佛学研究》第11期。
2 颓唐零落的样子。

"截句"就是"绝句"。这首诗作于道光七年,当时龚自珍三十六岁,为了应试住在北京,中举十年,进士还没考上,人生光景正是窘迫,却又十分不甘,于是有奇梦。

开头就写自己的落魄情形:长久漂泊在外,钱花完了(他老兄在银钱上面从来缺少计算),头发也开始白了。但童心犹在,壮志犹存。为什么要说"六九童心"呢?在《易经》中,六为阴爻,九为阳爻,阴阳相辅,造化循环。所以这里说的"童心"不是简单指童年之心,而是指源于天地造化的人的本心。它如果未被庸俗的世界消磨,就具有自然所赋予的宏大活力。

后两句是写在这"童心"上生成的梦境。"海红"一般都是从字面去解释,说是海棠花或一种柑子,都不对,和全诗的磅礴气势配不上,跟后面的"潮"又不对应。它是"红海"的倒装用法,或直接理解为"如海的一片红色"(诗句不苛求语法完整)。整个句子是说:叱喝月亮从帘外一片红色的大海上升起。那么这红色的海究竟是什么呢?月光照耀下,看到的四周都是花的海洋,花影如潮,汹涌起伏。

这确实是一个奇异的梦境,它喻示着生命力量的宏伟与瑰丽,又以热烈的涌动,表达冲破一切阻碍、自由奔放的渴望。

晚明思想家李贽就提出过"童心说",认为"夫童心者,绝假纯真,最初一念之本心也。若失却童心,便失却真心;失却真心,便失却真人"(《焚书》卷三《童心说》)。龚自珍特意说"六九童心",强调它根源于自然造化,思想与李贽一脉相承;他们说的"童心"都是和"佛性"相近的概念。佛门居士丰子恺先生的一部漫画集题名为《佛性·童心》,也是将两者并列看待。只不过历来禅者以象征方法描绘人的佛性时,都是突出其空明虚静的特征,如前面曾经说到的,澄澈的水潭是经典的象征。而龚自珍诗中的佛

卤湖水好赋天成鑄康蘇小
是歟方校書劂里潤美墨
寶怅盍可憶君恩寫來玉
鳥銜新泥雲嘆浮萍他
春風總恨落風容易老
青草池塘原雷塘

答於西湖遇筱某女史
繾綣甚久今又於毂勒翁
軍門座上遇之感慨此番
適管拄湖上將屬題乩
語即乘醉借座上敗笺
書此 仁龢龔日珍

清·龔自珍《行書七言詩落花飛燕圖》

性童心,却幻化为花影怒潮,澎湃汹涌,这一变化实在有深长的意味。

少年哀乐过于人,歌泣无端字字真。
既壮周旋杂痴黠,童心来复梦中身。

上面是《己亥杂诗》的第一百七十首,写作年代在《梦中作四截句(其二)》的十年之后,又一次说童心。少年时代保持着童心的纯真,悲哀是热烈的,快乐也是热烈的;歌也罢,泣也罢,常常是无端而起,说不明来由,只是不掺杂一点虚伪造作。少年的歌哭无端,用成人世界的眼光去打量真是无谓而可笑,人们也很少再去回顾它。但它却是生命的真实,它表达了对人生、对世界最美好的期待。

然而天真无邪的童心却容易被现实的世界侵蚀、损坏。"既壮"——成年以后,与世周旋,不能不有利害的计较,于是痴心妄念与种种狡黠,以一片杂色的晦暗蒙蔽了生命的纯真。一般人总以为这是理所当然的,是因为"成熟"。龚自珍却说,当往事闪烁浮现于梦中,童心又回到生命中来,不由得猛然心惊:为了追逐世俗的名利,屈从社会的压迫,人丢失了多少珍贵的东西!

拿这样的诗和龚自珍的《病梅馆记》一类文章相对照,我们可以体会到,那种对"童心"的珍惜和追怀,包含着伸张自然人性、消除社会压抑的要求,它的精神方向,是从"解脱"到"自由"。

龚自珍的所谓"不检细行"是有名的,他和许多不同身份的女性有过浪漫的交往,其中当然包括一些妓女。从古典诗歌的传统来说,诗人会把这一类生活经验写成"艳情诗"。但在这种诗歌中,具体的人物和时空线索会隐没在比喻和象征的语言背后,就像米酿成了酒一样，那些真实生活只是酿造诗情的材料。

龚自珍的情诗却把至少一部分真实经历在诗歌和特意添加的注文中清晰地保存下来，让读者看到他的痴迷、狂乱、矛盾与挣扎，以及他对情欲的渴望和由"色"悟"空"的宗教追求[1]。这种诗歌以其对生命的坦诚态度影响到后来苏曼殊乃至郁达夫的文学写作。

前面已经提及的《己亥杂诗》是龚自珍具有代表性的组诗。己亥为清道光十九年（1839），此时龚自珍四十八岁，因厌恶仕途，辞官离京返杭，后因迎接眷属，又往返一次。

在这个过程中他共写了三百一十五首七绝，用"己亥杂诗"作总题。在这组诗中出现次数最多的一个人物，是他在袁浦（江苏淮安）结识的妓女灵箫。

> 一言恩重降云霄，魔劫成尘感不销。
> 未免初禅怯花影，梦回持偈谢灵箫。

这是龚自珍初识灵箫以后写给她的诗。"一言恩重"指灵箫对他的倾心许诺，这犹如仙音从天而降。"魔劫成尘"是借用佛典中的话，简单解释就是哪怕世界毁灭无数次，经历无法计量的时间长度，对灵箫眷爱之情的感激也不会消磨。

这是惊心动魄的语言，可以体会到诗人在那一时刻情感的热烈。对方只是个妓女，但两心相爱之下身份就变得没有意义了。

后面却是犹豫。"初禅"用在这里颇为玄妙，它既是借用来表示初次结下情缘，又是表示自己禅定的境界尚浅，不能够很好地把

---

[1] 美籍华裔学者孙康宜教授的《写作的焦虑：龚自珍艳情诗中的自注》讨论过这个问题，文刊《北京大学学报》（哲学社会科学版）第43卷第4期。

握自己,所以"怯花影",不知如何对待这位迷人的女子,只能说从如梦的光景中醒来,唯有用一首偈诗表达感谢之情。

如果说在龚自珍那里,佛禅导向无忌的"童心"、生命的真实,那么在热烈的生命中必然包含着热烈的情欲,它又使人迷狂和脆弱,因而失去佛禅所指向的另一端——彻悟所带来的平静。所以他常常处在矛盾中。他和灵箫交往的全过程,也始终是激动和不安宁的。

有一首《昨夜》诗,不能够确定它是否与灵箫有关,但还是可以说明龚自珍在心智平定时对情爱的一种设想或者希冀:

种花都是种愁根,没个花枝又断魂。
新学甚深微妙法,看花看影不留痕。

"种花"是说结下情缘,但结果总是种下"愁根"。但若是全无情爱,生命之枯涩却又难以忍受。新近从佛家学会一种"甚深微妙法"[1],只"看花看影"而不着相,不留痕迹。这是说希望摆脱因为深深陷入情爱而造成的痛苦,在若即若离的状态下享有情爱的美好,使精神愉悦。

这首诗写得很有禅意,问题是龚自珍能够保持这种若即若离、虚淡似影的美好心境吗?在另一首诗里,龚自珍说到他对灵箫的态度,爱到"甘隶妆台伺眼波",就是放下一身傲气,低首侍候心爱的女人,这样的如病如魔,舍之不下。"愁根"不是那么好断的,"色"过于浓烈,"即色悟空"即使在道理上想得明白,也依然会

---

[1] 此语出于《无量义经》:"大庄严菩萨摩诃萨复白佛言:'世尊!世尊说是微妙甚深无上大乘《无量义经》,真实甚深,甚深甚深。'"

染上悲凉的气息。

龚自珍是突然去世的，传说是灵箫毒死了他。这个传说不可靠，但似乎表明在一些人看来，他和灵箫的情爱已经陷入魔障，不可解脱。

在谈龚自珍的诗时，我想说一个问题，就是随着社会向现代转变，禅在一部分智者身上，表现得热烈和不安定。本来，禅赞美生命活力，崇尚自由，同时也追求淡定和超脱，这些因素在古代是并不矛盾的；到了近现代，由于人的个体意识强化，对自由的要求提高了，对情感的抑制降低了，矛盾就会出现。禅在现代中的矛盾，需要习禅者自己去调适。

确实，禅很古老，又很新鲜。"禅房花木深"，用心玩赏，各人会有自己独特的收获。

跋

如何说禅

这本小书写完了。原本以为不会太费劲,结果只是再一次证明了我早已明白的道理:凡事想要做得好,都是不容易的。

我希望这本书有比较可靠的学术基础,因而需要对各种资料加以审核和考订。譬如《景德传灯录》载德山宣鉴开悟时对他的老师说了一句"从今向去,更不疑天下老和尚舌头也",常见的解释是"从今以后不再怀疑天下老和尚的舌头了"。真像个乖孩子,但这算是什么"禅"!其实这是一句非常豪气、表现特立独行精神的话,正确的解释应该是"从今以后,再也不会被天下老和尚的舌头所迷惑了"。做这样的判断需要多方参照、反复斟酌,书中类似的情况不少,我想要以自己的努力来获取读者的信赖。

也是出于学术习惯,我在引用别人的研究成果时,都要注明出处。

我希望这本书具有知识上的系统性,让读者读完以后,对禅的观念、禅宗的历史,以及重要的禅宗人物和典籍有一个大致完整、比较清楚的了解。而这些知识性的内容散见在各处行文中,什么地方合话就插一点,怎样相互关联,又说得轻松自然,也是要费点心思的事情。

我希望对所涉及的佛禅思想观念能够说得简明而又尽可能地精确。略有接触的人都知道，佛学极其繁复，一个词就可以说上好半天，足以吓退许多耐心差的读者。虽然禅家号称"不立文字"，但一些基本观念不说也不行。那么，什么样的分寸算是合适，如何去说更加透彻，这极其考验作者思维的清晰性构成。像慧能和神秀那两首著名的偈子，阐释与比照，反反复复写了好几遍。当然不能说最后留下的有多么好，不过目下而言我已经很难再有改进。

我希望这本书的文字有趣又好看，且耐人寻味。禅是有趣的，诗是优美的，以诗解禅，写得枯涩而呆板，那就不如省事一点。而如果能够做到有趣又好看，读者的阅读过程就会有许多愉悦。

我说的都是"我希望"。能实现多少，请读者评判吧。

骆玉明
壬辰年冬日于可以斋

修订版小记

《诗里特别有禅》印行有十年了。

这本书受到许多读者的喜爱,包括僧俗两界一些身份和名望很高的人。我自然不愿引人言以自炫,但有一件事是让我欣慰的:朋友告诉我,有一位年轻人多历坎坷,对人世心灰意懒,读了这本书以后,重新引发了生活的兴味。我真是受到了很大的鼓励。

这次修订,对原稿和印行中出现的问题进行了处理,有些地方做了改写。陈尚君、周裕锴两位教授不吝指教,使这本小书得以减少错失,十分感激。

仍望读者诸君赐予批评指正。

骆玉明

癸卯年夏日